致青春 056

# 人生苦短甜長

（上）

安思源 著

高寶書版集團

# 目錄
*CONTENTS*

# 楔子　徒勞的寒鴉

薛齊收到高中同學聚會的邀請時，他的第一反應是拒絕，原因很簡單：他窮。

可他還是去了，原因也很簡單：他窮得有骨氣！

聚會地點是大學城裡的一家小飯館，連包廂都沒有，他以前是絕不會光顧這種地方的。

如他所料，他剛到就有人迫不及待地發難了。

「不好意思啊，薛大少爺，我們這種人也去不起高檔餐廳，只好讓您屈尊了。」

說話的人叫施易，跟薛齊向來關係不太好。

諷刺的是，此時此刻他竟覺得對方那張挑釁的嘴臉有些親切，讓他回想起了曾經不可一世的自己。於是，不需要刻意去演，他揚了揚眉，幾乎是反射地回敬道：「偶爾吃一兩次也沒什麼，就當作是嚐鮮了。」

面前那些人互相使著眼色，眉宇間皆是掩不住的嘲諷，就像是在說——你家那點鳥事誰不知道，還有什麼好裝的。

然而，沒人敢把這句話說出口。

最終打破沉默的依舊是施易，他伸出手，豪爽地拍了拍薛齊的肩：「說得好！那這頓就由薛大少爺來請吧。」

這邏輯不對啊！他嚐他的鮮，關他們什麼事，怎麼就該由他來請了？

施易根本沒有給他反應的機會，自顧自地舉起了手裡的杯子，衝著其他人擠眉弄眼地吆喝：

「都愣著幹什麼？趕快敬薛大少爺一杯啊，雖說薛大少爺有錢，但請我們吃飯也是情分，可得好好謝謝他才行。」

眾人會意過來，連忙舉杯，起鬨附和。

薛齊有些尷尬，他窮啊，請不起啊！可是他窮得有骨氣，不能丟了面子啊！

就在他騎虎難下，不知道該怎麼應對時，突然有個聲音從身後傳來……

「什麼事這麼熱鬧啊？」聲音很甜，軟軟的，透著一種不諳世事的天真氣息。

這嗓音太有辨識度了，薛齊很快便猜到了來人——封趣。

他脊背一僵，明顯感覺到自己的心跳漏了一拍，這種反應與男女之情無關，是憤怒、不甘，是想見又不願意見的糾結。

他掙扎了片刻後，終究還是沒忍住，轉頭看了過去。

映入眼簾的那張臉跟他印象中的沒有太大的差別，一如既往地好看，是帶有攻擊性的那種好看，就像《洛神賦》裡描寫的那樣：「丹唇外朗，皓齒內鮮，明眸善睞，靨輔承權。瑰姿豔逸，儀靜体閒。柔情綽態，媚于語言。」

她什麼都不用做，僅僅站在那裡便能輕而易舉地吸引無數人的目光。

按道理，像她這種長相是很容易招來同性妒忌和排擠的。

可奇怪的是，從小到大，封趣的人緣始終好得出奇，至今仍是如此。

她的出現成功地將眾人的注意力從薛齊身上轉移，那些人爭相跟她打招呼，其中最為激動的莫過於施易。

「封大小姐！妳總算來了，我還以為妳又要放我們鴿子了呢！」

這聲「封大小姐」和先前稱呼薛齊的「薛大少爺」是截然不同的語氣，沒有絲毫惡意，反而透著討好，像是被冷落了許久，在委屈地控訴。

「抱歉抱歉，來晚了，路上有些塞……」她邊說，邊拿起桌上的空杯，幫自己倒了杯啤酒，「我自罰三杯……」

大概就是這份豪爽讓人討厭不起來，她不矯情也不做作，無論對誰都笑臉相迎，卻又保持著一定的距離，但總有一些人又自以為能突破那段距離，比如施易……

他伸出手，猛地按住了她的杯子，掌心牢牢覆在杯口上：「就妳這種酒量，三杯還不跟漱口似的？」

封趣有潔癖，這一點薛齊很清楚，這杯酒她是絕對不可能再碰了。

可她連眉頭都沒有皺一下，笑靨如花地朝施易看了過去，一副很好說話的樣子：「那我把這瓶啤酒乾了？」

「少來，我看妳就是口渴了想喝酒吧。」

「哈哈哈，這都被你看出來啦……」她想了想，道，「不如這頓我來請吧。」

薛齊默默地翻了翻白眼，都是套路，一個有潔癖的人怎麼可能直接對著別人用手碰過的瓶口喝酒呢？

「噯，今晚還真的輪不到妳請，有薛大少爺在呢！」說著，施易指了指一旁的薛齊。

封趣像是剛察覺到薛齊的存在，轉頭朝他看去，若無其事地招呼道：「啊，你回國啦？」

「嗯。」他彆扭地挪開目光。

「什麼時候回來的？」她繼續問。

「快半年了。」

「工作找好了嗎？」

「還沒。」

有那麼一剎那，薛齊甚至覺得面前坐著的是他家裡那些七嘴八舌的親戚。

自從他回國，只要家裡有親戚來，就免不了出現這種對話，接下來那些人多半會苦口婆心地教育他——你這樣是不行的啊，不要總以為自己是什麼海歸，現在社會不同了，從國外留學回來的人比比皆是，你心態得放低，別高不成低不就的，不管什麼工作都先做做看再說，哪怕是去做保全、送外賣也好啊。這麼大了，有手有腳，成天待在家裡靠你父母養哪行啊？

封趣並沒有那麼好為人師，她要比那些人簡單粗暴得多：「那你哪來的錢請客？用你爸媽的錢嗎？你爸媽也沒什麼錢吧，他們為了供你讀書還欠了一屁股債呢。」

他胸口一悶卻無言以對。

「不過以你爸媽的個性，你說要來同學聚會，他們多半還是會給你一些錢的，但那是他們從牙縫裡省下來的錢啊，你就這麼肆意揮霍，良心不會痛嗎？」

周圍傳來陣陣竊笑。

起初他們還算收斂，直到施易拍手稱快，火上澆油地道：「薛大少爺，你的小跟班是要騎到你頭上啦！」

「瞎說什麼呢？」封趣瞥了他一眼，半開玩笑地道，「我早就不是他的跟班了，良禽擇木而棲啊！」

這句話讓其他人也不再掩飾，竊笑變成了哄笑。

薛齊在那一張張尚透著稚嫩的臉上，看到了「落井下石」四個字。

其中，當屬封趣的笑容最為刺眼，她大咧咧地拿起他的杯子喝了口飲料，歪過頭看著他笑，笑容裡有挑釁，還有逆襲後的快感。

這一刻，薛齊回想起了她曾說過的那句話──「窮得有骨氣」，這句話本身就是個笑話。

# 第一章　農夫與蛇

中國市場越來越龐大，各大品牌也逐漸將全球最大的旗艦店落戶於此，日本知名的頂級化妝刷品牌「增滿堂」當然也不例外。

還有不到半個月的時間，他們籌備了近一年的全球最大旗艦店就要開業了。身為增滿堂中國區的市場部經理，封趣最近正忙著接待各大媒體，鑒於傳統媒體和新媒體的切入點完全不同，所以光是媒體參觀日他們就安排了五天。

今天是最後一天，來的媒體都是大流量的微信行銷帳號和微博特級ＶＩＰ。封趣向大家做了簡單的介紹後，便讓她的助理帶媒體們去拍些照片，儘量滿足他們的要求。她打算忙裡偷閒稍微休息一下，順便再跟公關部的同事確認一下需要發送給各大傳統媒體的新聞稿。

店裡二樓就有個休息區，打造得很有未來科技感。封趣剛坐下，助理就急匆匆地跑過來：「姊，有家自媒體說想要跟妳單獨聊一下。」

「哪家？」封趣得確定對方是否值得她撥出精力和時間去接待。

「我聞。」

封趣聽過這個名字，這是近幾年迅速崛起的自媒體ＡＰＰ，起初只是微信行銷帳號。這個行銷帳號擅長用另類的方式來解讀一些佶屈聱牙的財政類新聞，漸漸在金融圈中有了影響，但範圍還是比較小眾的。再後來，這個團隊開始做社會類新聞以及一些網路熱門事件，知名度越來越高，建立了ＡＰＰ之後又更加系統化了，使用者量確實不小。

於是，她點了點頭，示意助理把人帶過來。

片刻後，助理帶著對方走了過來，封趣趕緊起身迎接。

迎面走來的女人看起來應該跟封趣差不多年紀，留著頗為知性的及肩中長髮，妝容精緻，穿著白色的套裝。高跟鞋聲由遠及近，這個女人很快便停在她的面前，微笑著握了握她的手，做了簡短的自我介紹：「封總您好，我姓吳，口天吳。」

「吳小姐，您好，我們坐下說吧。」她邊說，邊引領對方入座，笑咪咪地道，「我跟你們家也算是打過好幾次交道了呢，這還是第一次見您，以後增滿堂這邊都是由您來負責接洽了嗎？」

「我算是創始人之一吧，已經很少直接對客戶了。」

「這樣啊……」封趣略微愣了一下，只不過是旗艦店開業宣傳而已，需要勞駕他們的創始人親自前來嗎？她覺得有些困惑，但並未在臉上表現出來，「那我們增滿堂今天還真是蓬蓽生輝呢，沒想到吳總會蒞臨。」

「嗯，我們希望能夠做出有別於其他媒體的報導，所以就由我親自來拜訪您了。」

「哪裡哪裡，您打通電話就好了，應該由我去拜訪您才對。」封趣始終噙著客套的笑意，卻又不希望在虛與委蛇上浪費太多時間，於是接著說道，「您想從哪裡切入呢？我一定竭力配合。」

「那我就開門見山了……」她將手裡的包包放到一旁，雙腿交疊，調整出一個頗為愜意的坐姿，怎麼看都不像是來採訪的，語氣也從剛才的客氣變得有些咄咄逼人，「根據今年年初增滿財團公布的財報顯示，有百分之三十七點六的銷售額是來自中國市場，這是不是你們選擇把全球最大的旗艦店設立在中國的原因呢？」

封趣的笑容不變：「之所以會選擇在中國設立旗艦店，完全是我們增滿社長的個人原因，他對中國文化一直有著濃厚的興趣，相信您也能看出來，中國元素在我們的產品中是不可或缺的。比如說我們的高端訂製系列，也就是大家說的『貴婦級小紅刷』，其實它的全稱是『犀皮漆朱柄化妝刷』，是由我們中國犀皮漆世家出身的蕭湛負責製作的，每一把『小紅刷』的刷柄都由他純手工鍛造，所以產量有限，說它們是藝術品都不為過。」

「那為什麼所謂的『全球最大旗艦店』內沒有副品牌『三端』的專櫃呢？」

封趣臉色一僵。

「你們社長對中國文化有著濃厚的興趣，卻又偏偏不帶我們中國曾經的民族品牌玩，這恐怕有點說不過去吧？」

吳小姐說這句話的時候，口吻就像是在開玩笑，封趣卻覺得她字字如針。

失態片刻後，封趣重拾笑意：「公司對三端有其他的規畫。」

「什麼規畫？」對方追問。

「這我暫時還不便透露。」

「是不便透露，還是根本就沒有規畫可以透露？」吳小姐冷笑道，「據我所知，當初增滿堂收購三端就屬於敵意收購的範疇了，您認為呢？」

「我認為您多慮了，這只是再正常不過的商業行為而已。」

「當時的三端也推出了化妝刷，並且以物美價廉為優勢開始逐步進入海外市場，可自從被增滿堂收購後，三端就連在中國的市場占有率都急劇縮水，難道不是為了為主品牌增滿堂讓道嗎？當年三端的代工廠和銷售管道都已經被你們增滿堂控制了吧？」她仰起下頷，眉宇間滿是挑釁，「綜上所述，我認為增滿堂在那次收購案中看中的並非三端這個品牌，而是它背後的市場占有率及各種資源。你們那位社長有著濃厚興趣的也不是中國文化，而是中國市場吧？」

「我想，您可能更適合跟我們公關部的同事交流呢。」說著，封趣想抬手把不遠處的公關部同事叫來。

這已經不是市場部的她可以應付的範疇了，對方很明顯是帶著敵意而來，她所說的每一句話都有可能被對方曲解，這種時候沒必要獨自逞強，保持緘默並讓專業人士去處理才是最合適的。

對方並沒有攔她，而是不疾不徐地從包包裡掏出了名片盒：「說起來，聊了這麼久，我連名片都還沒給妳呢。」

封趣不太明白她的意圖，但還是伸手接下。

出於禮貌，她低頭瞥了一眼。

吳瀾。

當這個名字映入眼簾時，封趣驀然抬眸，眼神裡寫滿了驚愕。

「妳……」她顯得不太確定。

「嗯，是妳認識的那個吳瀾。」面前的吳瀾笑著點了點頭。

「真的是妳？」對方變化也太大了！她完全認不出來啊！

吳瀾是封趣的高中同學，她們曾經好得形影不離。高三那年，她們之間發生了一些不愉快，絕交是吳瀾提出的，在那之後她們就再也沒有說過話了。高中畢業後，大家各奔東西，兩人自然也就沒了聯繫。

封趣沒想到，吳瀾會以這種方式再次出現，甚至讓人分不清她究竟是敵是友。

吳瀾彷彿看出了她在想什麼，朝她一笑：「嚇到了？剛才跟妳鬧著玩呢，這麼多年沒見了，還不允許我出場方式別致一點啊！」

「別致過頭了啊，姊姊！」何止是嚇到，要不是因為吳瀾是我聞的人，封趣可能就直接叫保安來轟人了。

「還有更別致的呢。」說著，吳瀾又從包包裡掏出一張請帖遞給封趣。

珠光粉色的信封彷彿已經說明了很多事，封趣都還沒打開就猜到了大概：「妳要結婚了？」

「對啊。」吳瀾笑得很甜蜜。

「恭喜啊，妳速度也太快了。」封趣打開了請帖，看清了新郎，話音一頓，轉變成了驚呼，「施易？」

「嗯。」

「我的媽啊……你們什麼時候……」她在想詞，覺得用「勾搭」好像有點不禮貌，但除此之外，她一下子又想不出更好的詞來形容。

「說來話長，反正就是緣分吧。」

「之後有機會再詳細跟我說說啊……」今天這場合確實不適合聊這些，封趣小心翼翼地將請帖收好，鄭重地道，「我一定會去的，會包個超大的紅包給妳。」

「妳當然要來，不過紅包就免了。」吳瀾甜蜜地笑道，「伴娘哪需要包什麼紅包啊。」

「伴娘？」

「對啊。」

「我？」

「不然呢？」

從驚嚇到驚喜再到驚嚇，封趣覺得自己有點承受不住啊！

「怎麼了？不願意嗎？」吳瀾小心翼翼地問。

「不是不願意，只是……」她實在想不通，於是問道，「為什麼會找我？」

「妳結婚了嗎？」

「那倒沒有……」

「這不就好了。」吳瀾明顯鬆了一口氣，「我們以前不就說好了嗎？誰要是先結婚，一定要找對方當伴娘。」

沒錯，像這世上絕大部分的閨密一樣，她們以前確實有過這種中二的約定。

她只是沒想到吳瀾居然還記得那些話，有些驚訝，更多的是感動。

於是，她格外用力地點頭：「我當我當，這伴娘說什麼都得讓我當。」

「那就說好了啊。」

「嗯！」封趣咧開嘴，笑得格外燦爛。

封趣已經很久沒有這麼發自內心地開心過了，她覺得，可能就算是她自己結婚都未必會這麼開心。

但這種開心並沒有持續太久，隨之而來的是種種詭異的情形……

◇

這是封趣第一次當伴娘，雖然毫無經驗，但她至少知道別人家的伴娘不會連新娘的婚期都不知道。是的，她仔細看過那張請帖了，上面只有新郎新娘的名字，看起來就像一份作廢的草稿，沒有結婚地點，也沒有結婚時間。

別人家的伴娘應該也不會一個人去試伴娘禮服。嗯，一個人。

就在她答應當吳瀾伴娘的三天後，她突然接到了一通婚紗店打來的電話，對方聲稱她預約了今天下午六點到店裡挑選伴娘禮服。

還有這種連她自己都不知道的預約嗎？

她立刻打電話跟吳瀾確認，得到的回覆是：『對啊，忘了跟妳說了，是我幫妳約的，本來想陪妳一起去的，但是就在剛才，某位沒事找事的話題小生忽然公布戀情了，我們得跟進報導，妳一個人去沒問題吧？』

有問題啊！她可是天秤座，出了名的「選擇障礙患者」，讓她挑東西等於要她的命啊！

不……重點不在這裡……

重點是——有問題啊！她怎麼覺得吳瀾找她當伴娘有問題啊？

至於究竟是什麼問題，她還想不通。

忽然有雙手從她身後伸出，打斷了她的思緒，她下意識地往一旁挪了幾步，並未太過在意，直到那雙手從架子上取下了一件禮服，遞到她面前。

給她的？她愣了愣，困惑地抬頭，朝對方看過去。

是個男人，一個從身材到長相再到打扮都精緻得無可挑剔的男人。這個男人身材修長挺拔，站姿英挺，穿著樣式簡潔的黑色西裝，露出來的襯衫領口和袖口都白得發亮，簡直可以去拍洗衣精廣告了。他還有一雙骨節分明的手，指甲修剪得很平整，也很乾淨，喉結有點性感，臉頰輪廓分明，鼻梁高挺，眉清目秀，連名字都很好聽……

「薛齊？」封趣有些不敢相信自己的眼睛，語氣裡透著濃濃的不確定。

他彎起嘴角，淺淺地笑著，戲謔道：「這才幾年沒見就不認識了？」

七年，他們已經有七年沒見了。

兩人上一次見面是在七年前的高中同學聚會上，那時候大家剛大學畢業，都還不太成熟，有一大半的人是為了看薛齊的笑話才去的。各種或明或暗的嘲諷和挑釁過後，那些人也漸漸失去了興趣，以至於除了封趣，幾乎沒人察覺到薛齊的離開。

他走得悄無聲息，沒有和任何人打招呼，臨走時還把帳結清了。

八百多塊人民幣，說貴也不貴，但是以當時薛齊的經濟條件來說是一筆不小的支出了。

這個行為讓封趣很生氣，恨鐵不成鋼的那種氣——從她聽說薛齊也會參加聚會的那一刻起，她就猜到了他一定會逞強，果不其然，這個人卸不掉那身少爺脾氣，那只好由她來卸了，可結果他就像個扶不起來的劉阿斗。

在那之後，他們就再也沒有聯繫過了。

其實，在那之前他們也已經很久沒聯繫了。

薛齊理解不了她「留得青山在，不愁沒柴燒」的想法，一如她也理解不了他「寧為玉碎，不為瓦全」的高傲，正所謂道不同不相為謀。

「怎麼會不認識呢，只是……」最近是怎麼了？她接二連三地碰到這種久別重逢的戲碼。

她想了想，還是覺得沒必要跟他提起前幾天碰到吳瀾的事，想來吳瀾和施易結婚也不可能會通知他，從別人嘴裡聽說，誰知道他會怎麼想呢？於是，封趣堆起笑容，將話圓下去：「只是沒想到會在這裡碰上，你是要結婚了嗎？」

男人出現在婚紗店裡，就只有一種可能吧？那就是陪未婚妻來試婚紗。

薛齊跟她一樣大，二十八歲了，也確實該結婚了。

可讓她沒想到的是……

他微微低下頭，自嘲道：「應該不會有女人想要嫁給我這種連自己都養不活的人。」

這絕不是她印象中那個自信到甚至有些自負的薛齊會說出來的話。

他像是不覺得這句話有什麼不對，繼續漫不經心地撥弄著架上的那些禮服，頭也不抬地道：

「吳瀾說她今天有點事走不開，讓我來幫妳挑一下禮服。」

「為什麼是你？」封趣滿臉驚愕。

原來他知道？不，不僅知道，他跟吳灡的關係似乎要比她更親近？

他好笑地反問：「這種事不找伴郎，難道讓新郎來嗎？」

「也是，」新郎單獨陪伴娘試禮服，這畫面有點詭異啊。她下意識地點頭附和，片刻後，才突然意識到不對勁，「你是伴郎？」

他漫不經心地「嗯」了聲，又遞了件禮服給她。

封趣下意識地接過，專心表達出她的驚訝：「吳灡居然找你當伴郎？」

高中三年，薛齊跟吳灡說的話加起來可能都不超過十句，他們是什麼時候有交集的？又是什麼時候交情好到足以被吳灡找去當伴郎的？

「是施易找我當伴郎的。」他耐心地解釋著。

這更令她難接受了！

「很奇怪嗎？」

「非常奇怪啊，你和施易……你們不是……」

她吞吞吐吐的，實在不知道該怎麼形容這兩個人的關係。

薛齊和施易在高中開學的軍訓時就差點打起來，起因是封趣。

不要誤會，並不是因為三角戀。

那時候的施易有著一腔疾惡如仇的熱血，他堅持認定薛齊總是差遣封趣跑腿的行為已經構成校園暴力了，他必須為她出頭。

好在封趣及時把教官找來，制止了他們。

在那之後，施易就把薛齊視為眼中釘，處處針對，逮到機會便挑釁。

這種關係一直持續到高中畢業，高考結束那一天，施易曾有過冰釋前嫌的想法，還特意在考場門口等薛齊，義正詞嚴地教育薛齊：「從今天開始我們就是大人了，要成熟一點，別再像小孩子一樣只會用欺負對方的方式來表達感情，喜歡她就好好告訴她！」

當時封趣就在薛齊身旁，尷尬得滿臉通紅。

偏偏薛齊還轉過頭來，眼睛一眨不眨地盯著她看。

那道目光宛若質問，嚇得她趕緊說：「看、看我幹什麼？跟我沒關係啊！我也不知道他為什麼會有這種奇怪的想法，反正不是我灌輸的！」

「比起這個，」薛齊有些困惑地蹙了蹙眉，問，「他是誰？」

那一刻，封趣深深地同情著施易。三年了，他一直認為的頭號死敵竟然連他是誰都沒記住。

就這種關係……施易居然會找薛齊當伴郎？而薛齊居然也答應了？

封趣覺得匪夷所思。

一旁的薛齊瞟了她一眼，問：「妳到底想說什麼？」

「我在想……」她眉目一凝，煞有介事地道，「吳瀾跟施易的這場婚禮，根本就是尋仇大會吧？」

聞言，薛齊失笑出聲：「妳是做了什麼天怒人怨的事，以至於人家要拿自己的終身大事來尋仇？」

「我也不知道啊。」她一臉無辜，「可是除此之外，我想不通他們為什麼會找我們當伴郎伴娘啊？」

「吳瀾說妳們曾經有過承諾，若是有一方先結婚了，一定要找另一方當伴娘。」

「她連這個都跟你說啦？」看起來，這個伴郎跟新娘的關係比她這個伴娘好多了！封趣有些不悅地撇了撇嘴，「就當作是這樣好了。那施易呢？他找你真的是太奇怪了。」

薛齊又塞了件禮服給她：「我們是同事。」

「啊？」她怔了怔，「你也在『中林投資』工作？」

「嗯。」他細細打量著她的反應。

「那你還說什麼養不活自己？」封趣瞥了他一眼，沒好氣地道，「你們做金融的不是薪資都很高嗎？尤其是中林這種大公司……我看到吳瀾在朋友圈裡曬出來的鑽戒了，都快比上鴿子蛋了，超大顆，有這麼大……」

她用手比畫著。

前幾天見面時，她加了吳瀾的微信，然後便興致勃勃地看了吳瀾的朋友圈，想知道吳瀾這幾年過得怎麼樣，想看看她錯過的那些生活。

可惜，吳瀾的朋友圈僅展示了最近半年的內容。

一旁的薛齊微微歪著頭，眉目含笑，默默看著她比畫的模樣，直到她的話音落下才問道：「妳喜歡？」

「這不是廢話嗎？哪有女人不喜歡鑽石的。」

「嗯。」他點了點頭，柔聲問道，「妳的尺寸是多少？」

「什、什麼尺寸？」聯繫上下文，他該不會是在問她戒圍吧？為什麼要問這個？因為她喜歡鑽戒，所以他打算送她？不要鬧啊！他們剛久別重逢，還不熟悉啊！

「衣服啊。」他手上拿著兩條相同款式的禮服，在她身前比了比，「小號應該差不多。」

是在說這個嗎？對於自己那些自作多情的想法，封趣有些羞愧，更羞愧的是……

「是中號……」她從薛齊手中拿過另一件明顯大一碼的禮服，默默地轉身朝更衣室走去。

封趣剛走進更衣室，薛齊就收到了一條訊息，是施易傳來的。

『見到了沒？』

隔著螢幕，薛齊都能嗅到那股濃烈的想要看好戲的氣息。

他隨手回了個「嗯。」

『怎麼樣怎麼樣？』施易追問。

『跟以前一樣。』他依舊回得很敷衍。

『具體一點。』

『已經很具體了。』

『那你倒是跟我說說，她以前是什麼樣子？』

這個問題簡直一針見血，薛齊怔住了，不知道該怎麼回答。

他第一次見到封趣是在電視新聞裡，那一年，他六歲，她也一樣。

新聞裡說有個女孩被人口販子強行拖上車，車子直接開往火車站，她沒有任何求救的機會，那時候的火車站也沒有現在這麼多的警員，她根本找不到警察的身影。於是，她不聲不響、佯裝乖巧地任由人口販子拉著她買票、排隊、進站。

因為她的配合，人口販子逐漸放鬆了警惕，她終於找到了機會。

她偷了一個路人的錢包，與其說是偷，不如說是明搶。

結果當然是被那個路人逮了個正著，她沒有表現出絲毫悔過的意思，反而刻意地激怒對方，直到圍觀的人越來越多，大家都嚷嚷著讓那個路人報警，人口販子一看情況不對便丟下她跑了。

警察來了之後，她才說出自己是被人口販子拖來這裡的，並且清晰地說出了自己家的住址、就讀的學校、家人的名字以及她父親的工作單位。

媒體將其稱為「教科書般的自救」。

薛齊記得，那天晚上他的父母看到這則新聞後臉色特別凝重，就好像差點被人口販子拐走的人是他。

在那之後沒幾天，封趣就出現在了他家。

雖然新聞畫面裡的那個女孩臉部被打上了馬賽克，但薛齊還是一眼就認出了她，因為她紮著同樣的雙馬尾，甚至跟那天的穿著一樣。

再後來，薛齊才知道，她是封叔叔的女兒。

封叔叔是他們家筆莊裡的老筆工了，他去筆莊玩的時候見過幾次，是個很和藹的叔叔。

聽說封趣兩歲多的時候母親就丟下了她，說是去西班牙打工，起初還會定期寄點錢回來，再後來就沒了音信。大人們都說她媽媽多半是在那裡結婚了，在那個年代，這是常有的事。很多人都勸封叔叔再找個人，也非常熱心地替他介紹過幾個阿姨，可他總擔心封趣會被苛待，想來想去還是不打算再婚。

為了讓封趣生活得更好，封叔叔下班後還會去打些零工，自然也就沒時間照顧她了。

幼稚園離家不遠，封趣都是自己去、自己回，那天她就是從幼稚園回來的路上被人口販子抱走的。

她自救時確實有著超乎同齡人的冷靜，可她終究只是個六歲的孩子。那件事之後，她就像一隻驚弓之鳥，每晚都會作惡夢，甚至連家門都不敢出。封叔叔只好請假在家陪她，但也不能一直這樣下去。

於是，薛齊父母主動提出讓封趣借住在他們家。

其實這件事他父母很早之前就提過，只是那時候封叔叔實在不好意思麻煩別人。經歷過那件事之後他怕了，也不敢再嘴硬了，但還是堅持每個月都會給他父母一些錢。

為了讓封叔叔心裡過得去，他父母便收了。

就這樣，封趣在他們家一住就是十幾年，即使後來封叔叔條件好一些了，他父母還是找了各種藉口把她留下，直到他父親申請破產。

父親的「三端筆莊」因為經營不善，被日本的增滿堂買下，自身難保的薛家再也庇護不了封趣了。

當時薛齊正在美國留學，收到消息後立刻辦了休學，樹倒猢猻散的場面是他預料之中的，他只是沒想到封趣會帶著他父母親自傳授的製筆技藝，義無反顧地去了增滿堂。

冷血無情、忘恩負義、唯利是圖？不，這些都不足以形容封趣。

她就像一條蛇，諂媚討好，無所不用其極，哄得別人將她放入懷中呵護，當汲取到足夠的溫暖後便會立刻反咬一口。

六歲時，她是這樣對待人口販子的。

二十歲時，她是這樣對待他父母的。

從小到大，她沒有任何改變，包括善於偽裝這一點。

封趣究竟是個怎樣的人？他們所看到的恐怕都只是冰山一角，真正的她，也許從未在任何人面前顯露過，包括他。

唰——

是更衣間簾子被拉開的聲響，很輕，但還是打斷了薛齊的回憶。

他回過神，抬頭看過去。

封趣有些忸怩地走了出來，裙子大小很合適，貼身的設計凸顯出她玲瓏有致的身材，領口很低、裙襬很短。她不太自在地拉扯著禮服，可惜顧得了頭就註定顧不了尾，裙襬拉長了，領口就更低了。

她掙扎片刻後放棄了，轉頭徵詢薛齊的意見：「怎麼樣？」

人間尤物。

薛齊沒有說話，表情也顯得很冷淡，只是默默舉起手機，對準了她。

封趣見狀，猛地拉起一旁更衣間的簾子遮住自己，只露出頭，警惕地看著他：「你幹什麼？」

「拍照。」他回答得理直氣壯。

「就是問你為什麼要拍照啊！」過於羞憤，讓她顯得有點急躁。

「給吳瀾看。」

合情合理。

「出來。」他轉了轉頭，正義凜然，眉宇間沒有絲毫邪念。

繼續遮遮掩掩的話反倒會顯得她矯情，於是，封趣往前走了幾步，直挺挺地站著。她不愛拍照，姿勢很僵硬。

片刻後，「啪嚓」聲傳來，她鬆了一口氣：「好了吧？」

「嗯。」他點了點頭，自顧自地打量著剛拍的照片。

「還要試嗎？」她抱著些許僥倖，小心翼翼地問。

「當然。」

那頭的封趣默默翻著白眼，無奈地看了一眼旁邊的婚紗店店員，呢喃了句「不好意思」後，再次舉步回到更衣室裡。

就這樣，封趣前前後後試了七八件衣服。

店員略顯不耐的表情讓她確定了一件事——別人家的伴娘是不會這麼挑的！這都快比上挑婚紗了！

「差不多了吧？」她看向薛齊。

聽起來是詢問，但她的語氣很堅定，她累了，不想再換了。

「嗯，差不多了。」薛齊再次舉起手機。

封趣見狀，不由得蹙起眉：「也不用每套都拍吧？既然吳瀾讓你來，那就說明她很信任你，是讓你來做主的意思吧？」

「說得也是。」薛齊收起手機，想了想，做出決定，「那就第一套吧，挺好的。」

渾蛋！這是在耍她嗎？

離開婚紗店的時候，封趣才明確意識到她是真的試了很久，天都已經黑了。

走在前面的薛齊推開門，朝她使了個眼色，示意她先走。

她有些警惕地瞪著他，每一步都走得小心翼翼。

「怎麼？」薛齊笑出了聲，「怕我突然鬆手？」

「這種事情你又不是沒幹過。」她沒好氣地說道。

小時候，那些商場為了防止空調的溫度流失，總是會在門口掛上加厚的塑膠軟門簾，而薛齊最愛幹的事就是假惺惺地幫她掀開簾子，等她走到一半時再突然放手，她至今都清晰地記得那種簾子彈在頭上有多痛！

「放心吧，又不是小孩子了，誰還會玩這種無聊的遊戲。」他信誓旦旦地道。

封趣信了他的話，以為他長大了、懂事了，結果──

他依然熱衷於這種無聊的遊戲！

她才抬腿，薛齊就鬆開了手，玻璃門朝她迎面而來，幸好門關得慢，她連忙伸手抵住。

惡作劇得逞，他在門外誇張地笑著。

封趣走出門後，沒好氣地瞪了他一眼：「你到底多大了？」

「很久沒見了，懷舊嘛。」

「你的懷舊方式還真特別啊！」她咬牙切齒地道。

「好了好了，不鬧了，」他看了眼手錶，「都八點多了。妳餓嗎？要不要一起吃個飯？」

「不要。」她想也不想地拒絕了。

「幹嘛？怕我毒死妳？」

「沒錯！」

「想太多，毒藥很貴的，我可沒錢買。」他不由分說地拉著她往前走，自說自話道，「吃火鍋吧？據說附近有家火鍋店還不錯。再說，我們那麼久沒見了，總得一起吃個飯吧。」

「改天吧。」封趣掙脫他的手，「我還得趕回去遛狗呢。」

聞言，薛齊停住了腳步，驚愕地朝她看去：「妳？養狗？」

「對啊，拉布拉多，超可愛的，我有照片，你要不要看？」看出了他眼裡的不信任，她故意說道。

「好啊。」他挑釁地點了點頭。

他太了解封趣了，她撒謊從來都不需要眨眼，信手拈來。

可讓他沒想到的是，她居然真的掏出手機、點開相冊，翻找了起來。

片刻後，她把手機遞到薛齊面前，邊展示裡頭的那些照片，邊滔滔不絕地說著：「牠超黏人的，我在哪裡牠就跟到哪裡，特別喜歡守在我身邊，我要是太晚回去的話，牠還會生氣，會故意把家裡的東西咬得亂七八糟……」

薛齊狐疑地打量著那些照片，看背景確實是在家裡拍的，甚至還有幾張她跟狗的合照。有圖有真相，極具說服力，但是……

「妳不是怕狗嗎？」他還是沒辦法相信，畢竟她小時候可是怕狗怕到不可理喻。

「自己養的有什麼好怕的。」她嘴角掛著慈母般的微笑，看著手機裡的那些照片道，「之前家裡遭過小偷啊，我就想養隻大狗會安全一些。」

「為什麼不乾脆搬到男朋友家裡住？」他問。

「就是因為沒有男朋友才需要養狗。」

「妳這句話聽起來很奇怪啊。」薛齊咂了咂舌，用一種詭異的目光打量著她，「妳家的狗是公的吧？」

「是啊，怎麼了？」

「妳到底企圖對牠幹些什麼？」

封趣翻了個白眼，不想回答。

「放開牠，讓我來吧……」

「薛齊！」她惱羞成怒。

薛齊發出一陣爽朗的笑聲，伸出手，屈起指節，用力地彈了一下她的額頭：「那走吧，送妳回去。」

他是真的很用力！這絕對是薛齊在彌補剛才沒順利讓門砸到她的遺憾！封趣疼得倒抽涼氣，揉著額頭，埋怨地瞪了他一眼：「誰要你送，我自己有車。」

「那妳送我吧。」他倒是不客氣。

「你的車怎麼辦？」

「裝妳的後車廂裡啊。」

他指了指停在婚紗店門口的電動滑板車。

封趣愣怔得合不攏嘴，她知道這樣不禮貌，但是太驚訝了，控制不住啊！

她甚至想過可能會是自行車，現實狠狠地擊破了她的想像……他剛才到底哪裡來的底氣說要送她回家的？就用這個電動滑板車送？她坐哪裡？跟背後靈一樣掛在他背上嗎？

薛齊看出了她的疑惑，主動解釋：「本來打算叫計程車送妳回去的。」

「比起這個，」封趣頗為糾結地看著他，「你跟我說實話，你真的是在中林工作嗎？確定不是為了面子騙我？其實你是個代駕吧？」

他眼眸一亮：「好主意。」

「啥？」

「以後下班之後我可以兼職做代駕，應該滿賺錢的。」他煞有介事地點頭。

他果然是在騙她啊。

坊間傳言：「寧做亂世狗，不做中林人。」足見中林的工作量有多驚人，他居然還有時間做兼職？

封趣把薛齊送到了家門口，停下車後，她有些意外地看著面前的社區。

「你家就住這裡？」她的語氣裡充滿了驚訝。

薛齊轉頭看她：「怎麼了？」

「你還真的是在中林工作啊！」封趣發出感嘆。

「嗯？」他有些不明白，她是出於什麼原因突然就相信他了？

「這不是寫著嘛——金融人才公寓。」封趣指了指社區外牆上的牌子。

這頗為隨便的依據讓薛齊失笑出聲：「住在金融人才公寓裡的人可不一定都是金融人才。」

「可是我聽說這裡不一樣，必須要公司開證明才能租，還得是金融行業相關的公司。」

「應該是吧，」薛齊知道的還沒她多，「這的確是公司提供的宿舍。」

「宿舍？」封趣略顯誇張地喊了起來，「精裝修閣樓房型，上下加起來會有一百多平方公尺吧，有超大落地窗，還有地暖！你把這種房子叫宿舍？」

「不然叫什麼？」公司安排的難道不叫宿舍嗎？

「在我的字典裡，這叫豪宅！」

她看起來有些激動，惹得薛齊嘴角上翹：「妳喜歡？」

「喜歡啊，我特別喜歡這種閣樓房型。」她甚至開始暢想起來，「上面是臥室，下面是工作區。每天晚上在落地窗前喝著咖啡，看著夜景，連熬夜加班都顯得特別愜意，就跟拍偶像劇一樣。」

薛齊微微側頭，笑看著她侃侃而談的模樣，直到她說完後才問：「要上去坐坐嗎？」

她愣了一下，很快恢復了理智：「不用了。」

「嗯。」他點了點頭，並未繼續勉強，而是掏出了手機，「那加個微信吧。」

這聽起來像是退而求其次的要求，讓人不忍拒絕，更何況他還一臉「妳要是不加我，我就不下車」的表情，她怎麼拒絕啊？

事實上，這也確實不是什麼過分的要求。

封趣很配合地取下了架子上的手機，掃了他的QR Code。

他目不轉睛地看著手機，直到「聯絡人」那一欄裡亮起了紅點，他迅速通過了她的好友申請後，才心滿意足地收起手機，打開車門，叮囑了句：「到家傳個訊息給我。」

「好。」封趣答應得很爽快。

然而，她到家後並沒有立刻給薛齊發消息，原因是她家就在薛齊家隔壁的那個社區，她不想讓他知道。

現在的薛齊到底是什麼樣的人、過著什麼樣的生活，她一無所知。這個她七年沒聯繫的人，突然毫無預警地出現在她面前，她實在無法用「巧合」來形容這場重逢，總覺得有很多地方不太對勁，比如他跟施易的關係，比如吳瀾找她當伴娘，比如讓伴郎來陪伴娘挑禮服……

無論怎麼看，這都像是一個精心設計好的局。

當然，也有可能是她想太多了，但俗話說得好，防人之心不可無，在確定他沒有什麼圖謀之前，還是先儘量保持距離為妙。

於是，直到遛完狗、洗完澡，她才傳訊息給薛齊，假裝剛到家。

讓她沒想到的是，他居然直接回了視訊通話！

封趣嚇得差點把手機扔了，片刻後她才反應過來，趕緊把今天穿的那件外套披在睡衣外面。好在沒洗頭，她稍微弄了一下頭髮後，深吸一口氣，接通了他傳來的視訊……

「怎麼了？」她儘量讓語氣聽起來若無其事。

『激動。』

「激、激動什麼？」

『我等了很久，但是又不敢主動傳訊息給妳，怕會收到紅色感嘆號，這種情況下，總算收到你妳的微信了，妳說我能不激動嗎？』

「紅色感嘆號？」什麼鬼？

『被對方拉黑之後，系統不是會發一個紅色感嘆號開頭的提示訊息嗎？』

原來是這個意思，封趣笑出了聲：「我怎麼可能拉黑你。」

『嗯，我信妳了。』他彎起嘴角，笑得竟有些可愛。

封趣下意識地挪開目光：「那我掛了啊……」

『等一下，』他抿了抿唇，咕噥道，『不能再聊一會兒嗎？』

「聊什麼啊？」

他想了一會兒，突然問：『對了，妳家那隻狗呢？』

「這才是你打視訊過來的真正原因吧！」嘴上說是相信她了，可事實上對於她養狗這件事他仍然抱有懷疑。

他噙著笑，並不否認，反而咄咄逼人地追問：『所以，狗呢？』

封趣轉頭，對著陽臺的方向怒氣沖沖地吼道：「海苔！過來！」

沒反應……

她號稱很黏她的那隻狗只是懶懶地抬眸瞥了她一眼，卻絲毫沒有要過來的意思。

「養不熟的狗東西。」封趣輕聲罵了一句，認命地站起身，走到陽臺上，為了能夠讓這隻狗東西入鏡，她索性坐在地上，抬手強行把牠摟起來。

『居然還真的養了隻狗。』

她聽到手機裡傳來薛齊的嘀咕聲，不禁朝他憤憤地瞪了過去：「現在你信了吧！」

讓封趣沒料到的是，手機裡的薛齊的表情忽然嚴肅了起來：『也就是說，之前家裡遭過小偷也是真的？』

「對啊。」她說的話的可信度到底有多低啊？

『妳當時在家？』

「嗯。」

『然後呢？』他追問。

然後？然後就說來話長了。

事情就發生在去年梅雨時節，那天晚上特別熱，但又還沒到開空調的季節，封趣也還來不及換夏被。睡到半夜的時候她被熱醒了，迷迷糊糊間就覺得床邊站了個人，這感覺讓她驟然驚醒，可她下意識地不敢睜開眼睛。

那個人似乎也很緊張，她聽到了很沉重的呼吸聲，忽遠忽近，最近的時候她覺得對方甚至已經湊到了她的面前，那張臉就那麼貼著她，仔細分辨著她是不是真的還在睡。當時她還很樂觀地想著——幸好她花大價錢買了雙層遮光窗簾，房間裡很暗，對方應該看不清她全身上下浮起的那層雞皮疙瘩。

這個過程並沒有持續太久，可能連一分鐘都不到，但對於她而言格外漫長。

再後來，那個人躡手躡腳地離開了，還替她重新關上了房門，可她仍舊不敢放鬆。一直熬到天亮，八九點的時候，她的窗外傳來了各種人間煙火的聲音，她才敢打開房門查看情況。出乎意料的是，一切如常，家裡甚至沒有明顯被人翻找過的痕跡，以至於她一度懷疑自己可能只是做了個夢。

可是那天中午的時候她接到了民警的電話，說在七樓的窗臺上發現了她的護照夾，那個小偷不只偷了她一家，而是偷了整棟樓，但凡窗戶沒鎖的他都進去了。多半是小偷從窗戶逃跑時不小心把她的護照夾落在了七樓的窗臺上，警察希望她回去後儘快清點一下，看還有沒有其他損失，有的話立刻跟他們彙報⋯⋯

之後警察又走程式般安慰了她一會兒，要她別怕，他們保證會儘快破案、加強管理等。

後來，她時常會想，那個小偷站在她床邊的時候在想什麼？

每每想到這裡，她就覺得手腳冰涼。

「薛齊，你是不是故意的？還然後！」她咬牙瞪著那個讓她回想起這些事的罪魁禍首，哼道，「大晚上的聊這些，你是存心不想讓我睡了是吧？」

他顯得有些委屈：『家裡遭過小偷這件事是妳主動跟我說的，我不過是關心妳一下。』

「是我提的沒錯，可當時是在燈火通明、人來人往的大街上，而現在我可是正身處於曾經的案發地點，還是一個人！」

『妳害怕？』

「廢話，我膽子小你又不是不知道。」

『這我還真的不知道。』

「熊膽少女」，這是她當年剛玩QQ時薛齊替她取的網名，原因就是他覺得她膽子大得跟熊一樣。

手機那頭的他撐著頭微微笑著，聲音很輕柔：『怕的話就一直把視訊開著好了，我陪妳聊天。』

「神經病啊，手機不會沒電啊！」

她嘴上雖然這麼說著，卻已經站起身四處尋找她的充電線了。

後來，他們又聊了很多，回憶了小時候的趣事，也說了一些近況。

他父母身體都很好，日子過得不好也不壞，還能有點閒錢一年到頭出去旅遊幾次，偶爾也會催他趕緊結婚生個孩子，甚至曾幫他安排過一次相親。對方是中醫，說看他的面相就知道他體虛腎虧，糊弄他買了一些中成藥，後來他才知道，那個人根本就不是中醫，是賣保健品的。

這次之後他對相親有了心理陰影，他父母也沒再勉強他，他的經濟情況也確實不太適合娶妻生子，沒房沒車，工資也不算高，哪有女孩肯嫁呢？

嗯，當時他還只是個投資顧問，這個職位說起來好聽，實際上就是幫別人炒炒股票，底薪不高，全靠抽成。但這幾年股票市場不好，公司都快經營不下去了，基本工資都欠了他好幾個月。年初的時候，經過施易介紹，他跳槽去了中林。

他跟施易現在關係還不錯，聽說是因為他曾經有段時間連吃泡麵都不敢買碗裝的，於是他輾轉找到了施易，為之前的年少氣盛道了歉，同時還提出了「我想了一年多，可是想不通，當時同學聚會的那頓飯憑什麼得由我來買單？明明說好ＡＡ制的，其他人也就算了，但你的那份錢麻煩還給我」，施易還真的給他了，從那之後，他們就一直保持著聯繫。

這不像是薛齊會幹的事，可是他說：『人一旦到了山窮水盡的地步，別說是骨氣了，就連底線都可以不要。』

這也不像是薛齊會說出來的話，倒像是她會說的。

她曾經以為她和薛齊道不同，如今看來，人生從來都只有一條路，只是有些人運氣不好，早早就被丟進江湖裡廝殺，從小練就了一身本事；有些人則運氣超好，這輩子都不用涉足江湖。至於薛齊，他屬於運氣極差的，養尊處優的大少爺不過是想去散個步，連劍都未佩，出門便是江湖，回頭卻已沒了退路。

她想著想著，眼皮越來越沉，含糊不清地囈語著：「你居然變成了跟我一樣的人……」

他曾說過，他討厭她的現實、討厭她的理智，甚至討厭她為了活下去而不顧一切的姿態。

可最終，他還是變成了他曾經最討厭的那種人。

就在封趣閉上眼睛，徹底失去意識之前，她彷彿聽到手機那端傳來薛齊冰涼的聲音，他說：『也許吧，但不是每條蛇都會去咬救過自己的農夫。』

封趣本以為，那天之後，她和薛齊之間的聯繫會變頻繁，然而並沒有。

有時候他會好幾天不聯繫她，有時候又會跟她聊上一整天……他的這種時隱時現把她搞得有點神經質，不知道什麼時候開始，她會經常看手機，看到訊息就會有點激動，如果是他傳來的，她會情不自禁地笑，如果不是，她臉上會有明顯的失落……

封趣自己並未察覺這些變化，但旁觀者清。

於是，最近增滿堂中國分公司流傳著不少關於封趣的八卦，一言以蔽之——

「他們說妳談戀愛了。」彙報完工作後，助理童佳芸沒急著離開，而是向封趣總結近來聽到的種種傳言。

正忙著將檔歸檔的封趣愣了一下，目光從電腦上轉向面前的助理：「我？談戀愛？」

這有點新鮮。

增滿堂的中國分公司在兩年前正式成立，那時候封趣才二十五歲，空降成了中國區市場部經理。在此之前，因為還有學業要完成，她只是增滿堂日本總公司裡一個不起眼的實習生。

無論是從年齡還是資歷來看，「中國市場部總經理」這個頭銜都跟她不太相襯。

於是，各種傳言蔓延開來，有些人覺得她和增滿正昭一定有不為人知的交易，有人覺得她是增滿正昭在中國的私生女，更有甚者覺得她是增滿正昭花錢「栽培」的公關。

總而言之，「增滿正昭」是她身上長久以來被印下的標籤，「戀愛」這個詞還是第一次跟她有關係。從某種意義上來說倒也不算壞事，至少讓她聽起來像個正常的二十八歲女人了。

「這次的傳言連我都覺得有理有據呢！」說著，童佳芸忍不住瞥了眼封趣丟在辦公桌上的手機，「妳最近要不是對著手機傻笑，就是對著手機發呆，整個人看起來患得患失的。」

封趣仔細回想了一下自己最近的一言一行，覺得並沒有那麼誇張：「我不過就是跟朋友聊聊天而已。」

「什麼朋友啊？」童佳芸試探性地問道，「蕭總？」

「我除了他，就沒其他朋友了嗎？」封趣沒好氣地回道。

「我倒是希望妳有，越多越好，」童佳芸突然停下，糾正道，「不對，這種朋友在精不在多，有那麼一個朋友能氣死那台『人形打樁機』就可以了。」

封趣失笑。

「人形打樁機」是童佳芸為蕭湛取的綽號，不過她也只在私底下叫叫，見了面還是會恭恭敬敬地稱呼他為「蕭總」。

「妳別笑，我說真的……」童佳芸一本正經地分析起來，「蕭總這種男人我見多了，他就是吃定了妳喜歡他、非他不可，不拒絕也不接受，吊著妳。對付他就得用激將法，得讓他知道妳也是有行情的，他要是再這麼有恃無恐，妳隨時可能會轉移目標！」

「好的好的，我知道了。」封趣點頭。她已經掌握到跟助理溝通的技巧了，附和遠比反駁省力。

當然，童佳芸也已透徹地了解這位頂頭上司了。她抿抿唇，委屈地咕噥：「妳在敷衍我。」

「沒有……」話音未落，封趣的手機響了起來。

是薛齊打來的，這好像還是他第一次打電話給她。

「喂？」她語氣裡透著一絲不確定，甚至懷疑他是不是按錯了。

『晚上有空嗎？』手機那頭傳來薛齊的詢問聲。

「有啊。」她想也不想地回道，隨即想起了童佳芸剛才說的傳言，後知後覺地矜持了起來，「是……是有什麼事嗎？」

『今天不是妳生日嗎？』

「啊？」她愣了一下，瞥了眼辦公桌上的日曆，「還真的是呢。」

那邊傳來薛齊的輕笑聲，聽起來好像心情很好：『想吃什麼？』

「你要請我吃飯嗎？」

『妳想請我也可以。』

「並不想。」

『嗯，那就我們請吧，吃什麼妳決定。』

封趣敏感地蹙起眉頭：「我們？還有誰？」

『吳瀾和施易，剛好他們也想見見妳，還得跟妳聊一下婚禮上的細節。』

什麼談戀愛啊！事實證明，完全就是那些人吃飽撐著想太多，而她居然也被帶歪了！

『還是說妳想單獨跟我吃飯？』薛齊的調侃聲傳來。

她翻了個白眼，整個人顯得自在多了：「吃什麼我無所謂，你們決定吧，我這邊隨時能走，你們確定了餐廳跟我說，我算一下過去需要多少時間。」

『那妳過五分鐘下來吧。』

「下、下去？」

『我剛好在你們公司附近。』

「啊？」

『怎麼了？』

「沒、沒事，我這就下去！」

怎麼可能沒事？這可是增滿堂啊！他來幹什麼？自虐嗎？

即使隔了那麼多年，該放下的也都已經放下了，可是當他置身於增滿堂的辦公大樓前，難免還是會唏噓吧？換作是她的話，多待一秒都會覺得是煎熬。

一想到這裡，她連忙起身收拾東西，片刻都不想耽誤。

這著急的模樣點燃了童佳芸的八卦興趣，她興沖沖地湊上前打聽：「誰打來的啊？」

封趣正在忙，隨口回了句：「朋友。」

「喔——」童佳芸把尾音拉得很長、眉毛挑得很高，「男朋友啊？」

「是男性朋友。」

「男朋友就男朋友啊，還非得加個『性』字來秀恩愛。」

她還真是請了個不得了的助理啊！封趣礙於時間緊迫，懶得跟助理爭論，把筆記型電腦塞進包包裡後抓起外套，奪門而出的同時衝著童佳芸交代了一句：「我先走了，妳沒什麼事也早點下班吧。」

「嗯嗯！」童佳芸開心得直點頭。

這可是她這一個多月以來第一次準時下班啊！僅憑這一點，她就決定無條件支持那位神祕的「男性朋友」！

封趣剛走出公司大樓就看見不遠處停了輛保時捷Panamera，寶藍色的，很吸睛。

薛齊就坐在那輛車的駕駛座上，向她招了招手。

她走過去，隨口問了句：「你的車嗎？」

「嗯。」他點了點頭。

「嗯？」她一愣，沒想到會是肯定的答案，她本以這為可能是施易的車。

他又「嗯」了聲，探出身體查看了一下車身，隨即不解地看向她：「有什麼問題嗎？」

當然有！說好的連自己都養不起呢？敢情他所有的工資都用來買這輛車了，所以才會養不起自己嗎？可是上回見面時他沒這麼浮誇啊！喔，不，嚴格說起來，他當時也滿浮誇的，節儉得很浮誇！

想到這裡，封趣忍不住好奇：「你上次那輛電動滑板車呢？」

「在家啊。」他若無其事地回道。

「我是說，」封趣深吸了一口氣，為了不讓他有機會繼續避重就輕，索性直接問了，「為什麼上次放著Panamera不開，要騎滑板車？」

「喔，開膩了，換換口味。」

怎麼說呢，雖然眼前的他和上次見到的他有點判若兩人，可她竟然覺得舒服多了，這種欠打到讓人忍不住想要扁他的作風才是薛齊應該有的。

後座的車窗慢慢降下來，施易從裡頭探出頭來，打招呼道：「喲，封總，好久不見，別來無恙啊！」

封趣回過神，朝後座看過去。

確實是好久不見了，但施易跟以前相比沒有太大的變化，只是換了個髮型，打扮和氣質都成熟了些。

他身旁坐著吳灡，對封趣笑了笑。

和上次見面時不同，今天的吳灡打扮得很隨意，穿著寬大的休閒衫，那頭及肩長髮紮成了丸子頭，看起來年輕了不少，竟讓封趣有種回到過去的錯覺。

「別愣著了，趕緊上車，這裡不能停太久。」薛齊向她說道。

「嗯。」她本能地走到副駕駛座。

在她打開車門的同時，薛齊將原本放在副駕駛座上的那個袋子拿了起來，直到她入座繫好安全帶後才遞給她：「妳的禮服。」

封趣點了點頭，打開袋子，將那件禮服拿出來，想稍微檢查一下，免得到時才發現有問題。但看著看著，她總覺得好像不太對，好一會兒後她總算發現了問題：「這不是我們那天確定的那件吧？」

「當然不是。」薛齊轉頭瞟了她一眼，「別人結婚，妳露胸露腿的，是想去砸場子嗎？」

「那還不是你挑的……」封趣沒好氣地嘀咕了一句。

吳瀾好奇地湊了上去：「你們本來確定的是哪件？」

「咦？」封趣微微側身，看向吳瀾，「他沒傳照片給妳看嗎？」

「有照片？」施易朝薛齊瞪去，質問道，「你不是跟我說你沒拍照嗎？」

「你還跟薛齊要過封趣的照片？」吳瀾半開玩笑地揶揄了一句，「怎麼了？舊情難忘啊？」

封趣有些尷尬，出於自保，只能幫施易圓場：「哪來的舊情，他大概就是很久沒見到我了，純粹好奇吧。」

「是這樣沒錯！」施易信誓旦旦地點頭。

這不是藉口！絕對不是！

他承認，高中時他確實對封趣有好感，但那不過是「愛美之心人皆有之」罷了。鑒於對方曾是他的女神，那麼久沒見了，他難免會有點好奇，也就只是好奇而已！大家都是成年人了，吳瀾不至於因為那些陳年舊事跟他小題大做，說到底，她能拿來開玩笑就代表早已不在意了，只是看到施易緊張辯解的模樣覺得有些好笑，忍不住想逗逗他。

她逗得差不多了，象徵性地瞪了施易一眼，沒再計較。

施易剛覺得鬆了口氣，薛齊就很不仗義地火上澆油，道：「為了你們的婚姻和諧，我把照片刪了。」

「我不信！手機！把你的手機給我！就算刪了也能從最近刪除裡面還原！衝你這句話，我必須要看一下，得向我老婆證明我能夠抵禦一切誘惑！」施易邊說邊湊上前，半個身體已經探到了前座，試圖把薛齊放在手機架上的手機拿下來。

一旁的吳瀾用力地把他拉了回來：「少跟我來這套，別以為我不知道你在想什麼！」

「我能想什麼啊？我就是為了讓妳更加放心！」施易辯解道。

「我呸！你就是想看看能影響婚姻和諧的照片到底是什麼樣的！」

封趣噙著笑，轉頭看向窗外。

街邊的風景她再熟悉不過，這是她每天上下班的必經之路，但今天顯得不太一樣，鮮活了不少。

這讓她想起了她主動向增滿正昭提出要調派中國分公司時，蕭湛曾問過她為什麼要走。她說：「我不喜歡日本，這裡沒有人間煙火的味道。」

他用一種完全無法理解的眼神看著她，問：「什麼是人間煙火的味道？」

那時的封趣答不上來，可是現在她知道了，車裡的吵鬧聲、薛齊嘴角那抹幸災樂禍的微笑、她手裡那件保守得像修女服的禮服……這些都是人間煙火的味道。

他們選了一家港式餐廳，和一般的茶餐廳不同，這裡環境古樸，露臺的座位格外幽靜。

大家點完菜後，吳瀾忍不住看向對面的封趣：「妳幹嘛一直這樣看著我們？有夠嚇人。」

自從入座起，封趣就目不轉睛地看著她和施易，臉上始終掛著慈母般的笑容。

「呃……我就是覺得有點新奇……」封趣回過神，有些尷尬地喝了一口水，「沒想到你們會結婚。」

剛才他們在後座，這種感覺還沒有那麼強烈，眼下這兩個人就並排坐在她面前，看起來竟有幾分夫妻相。雖然沒有親眼見證他們相愛的過程，但這個結果也足以讓她驚嘆，當然，也是發自內心地替他們開心。

「哈哈……別說妳了，就連我也沒想到啊！」施易笑著撓了撓頭，巧妙地把話題帶到了封趣身上，「之前我總覺得，我們班要是真的有哪一對能修成正果，那也一定是妳和薛齊，沒想到造化弄人，我和吳瀾先你們一步啦。」

「嗯？」

困惑聲幾乎同時從薛齊和封趣口中飄出。

他們同時揚了揚眉，不解地看著施易，表情非常統一地表達著——為什麼扯上我？

這一刻，施易有種想要掐死薛齊的衝動。

封趣處在狀況外實屬正常，但他憑什麼？還真的當作自己不知道這頓飯的目的是什麼嗎？

在施易的怒視下，薛齊總算接過話：「我們還早，八字還沒一撇，先聊你們的事吧。」

「對啊，還是說說你們吧。」封趣跟著附和，沒等他們反應過來，就搶先拋出了問題，「婚禮在哪一天啊？」

「就這個星期六。」施易回道。

封趣下意識地「喔」了聲，本來只是個引導性的問題，純粹是為了避免施易再次把火燒到她身上，至於答案，她並沒有太過在意。

片刻後，她才反應過來，驚道：「星期六？」

「嗯。」吳瀾點了點頭。

「那不就是後天？」她的聲音比剛才還大。

「對啊。」吳瀾不解地看著她，「我給妳的請帖上沒寫時間嗎？」

「沒有……」那就是張空白請帖，時間、地點，乃至新郎新娘的名字一概沒有，所以她才一度以為吳瀾是不是在跟她開玩笑。

「抱歉抱歉，我可能拿錯了。」吳瀾看起來很誠懇，甚至有些緊張，「妳週六不會有事吧？」

「倒是沒什麼事，只是……」封趣皺了皺眉，略顯愧疚，「我還來不及準備。」

薛齊調侃道：「妳又不是新娘，準備什麼？」

「嗯，妳別緊張。」吳瀾緊跟著附和，「伴娘不只妳一個，白天接親、拍外景什麼的妳可以不用來，妳酒量好，主要是想讓妳幫忙擋酒，所以就跟其他客人一樣，晚宴的時候再來吧。」

「不只我一個啊……」封趣眨了眨眼，掩去眸底的失落，笑著看向一旁的薛齊，「你也只負責擋酒嗎？」

他笑了笑：「我胃不好，不太能喝酒。」

「嗯……」她有一種奇怪的感覺，薛齊這個伴郎才是吳瀾他們真心請的，至於她，大概只是拿來當擋酒工具的吧？儘管如此，她還是信誓旦旦地向吳瀾保證道，「放心吧，我一定會把妳護好的！」

吳瀾有些心虛，下意識地避開她的目光，輕聲道：「那就交給妳了。」

「沒事。」封趣就像都沒看懂一般，不以為意地笑著：「妳把捧花留給我就成了。」

「捧花也已經被預訂了……」

「這樣啊……」儘管她已經很努力地想要裝作若無其事，可笑容還是僵住了。

氣氛也隨之變得有些尷尬。

見狀，施易藉著解圍的名義順勢道：「妳都有薛齊了，還要捧花幹嘛？那種破玩意兒就留給有需要的人吧。」

「哈哈……」封趣重拾笑容，自嘲地擺了擺手，「別開玩笑了，我跟薛齊是絕對不可能的。」

「這可不好說，妳不是也沒想過我和瀾瀾會在一起嗎？」施易煞有介事地總結道，「正所謂，世事無絕對。」

「我們跟你們不一樣……」封趣咕噥道。

她也贊同「世事無絕對」這句話，地球有七十多億人，只要是在對的時間、對的地點遇上，任意兩個人都有相愛的可能，當然也包括她和薛齊。但是，很不幸，他們已經錯過了發生那種化學反應的所有時機，錯過了一見鍾情，來不及日久生情，沒機會水到渠成。

「是不一樣。」吳瀾忽然啟唇，「我以前都沒想過施易，妳好歹還想過薛齊呢。」

封趣一愣，臉色略顯尷尬：「我什麼時候想過了……」

「妳以前不是總說，妳是為了薛齊才學製筆的，將來必須讓他娶妳負責嘛。」

薛齊頗為驚愕地轉眸看向封趣：「妳還有過這種骯髒的想法？」

「純屬玩笑！」封趣一字一頓地澄清。

「那就好。」

「話雖如此，但你也沒必要一副如釋重負的樣子吧？」很傷自尊啊！

他一臉無辜：「我有嗎？」

「有啊！你剛才鬆了一口氣啊！重重地鬆了一口氣啊！」

他蹙了蹙眉頭，似乎是在回想自己剛才的反應，片刻後道：「不好意思，本能反應，我沒太注意。」

更傷自尊了！

這頓飯吃了一個多小時，婚禮細節倒是沒怎麼聊，大部分時間是施易和吳瀾在忙著撮合封趣和薛齊。

聽說當一個小團體產生了一對情侶，其他人就容易跟著進行排列組合，繼而產生第二對、第三對……這是一種很普遍的團體依賴心理。

問題是，封趣很明顯地感覺到，他們並沒有把她當作小團體中的一員。這種撮合到底是出於什麼心態和目的，她實在想不通。

明明身為另一個當事人的薛齊也算是表明態度了，但施易仍未放棄，直到離開餐廳時，還在尋找機會。

「啊，對了，封趣……」他一副突然想到什麼似的表情，「妳的車還在公司吧？」

「嗯。」封趣點了點頭，「你們先回去吧，我得回公司取一下車，明天還要用呢。」

「那讓薛齊送妳吧，我剛好想跟瀾瀾散散步。」

「是啊，不用管我們。」吳瀾很配合地演繹著夫唱婦隨。

本來這個安排看起來滿合理的，但被施易和吳瀾這麼一鬧，反倒顯得有些刻意。

封趣有些猶豫。婉拒呢，好像有些做作；答應呢，又有種說不上來的奇怪感覺……還沒等她做出決定，手機忽然響了起來。

「我先接一下電話。」說著，她掏出手機，走到一旁，當看到來電顯示後，眉宇間閃過一抹欣喜。

手機裡傳來一道慵懶的聲音：『寶貝，有沒有想我啊？』

實不相瞞，封趣的內心毫無起伏，甚至有點想笑，經驗告訴她，這句聽起來頗為甜膩的話語背後代表著有求於人。

於是，她直截了當地問：「說，什麼事？」

『機場計程車排隊好長，妳來接我吧。』

果然不出所料，但她內心還是起了一絲小波瀾：「你回國了？」

『嗯。』

「先找個咖啡店坐一下吧，我現在就過去……」她想了想，道，「可能要四十多分鐘。」

『妳還沒回答有沒有想我呢。』

「不想。」封趣本想佯裝無所謂的樣子，但說完又怕電話那頭的人誤會般，羞答答地補了一句，「有點。」

他笑了笑，輕聲道：『我也是。』

手機那頭陷入了靜默，她大概是沒料到他會給出這種回應吧？蕭湛笑著掛斷了電話。

他並沒有立刻收起手機，而是忍不住又切換到了微信介面，映入眼簾的是一張照片和幾張聊天記錄截圖。

照片是在公司樓下拍的，主角是封趣，她站在一輛寶藍色的 Panamera 旁邊，正在跟駕駛座上的男人說話。

那是個長得還不錯的男人，蕭湛從未見過，從封趣的表情看來也不像是客戶。

那幾張聊天記錄來自增滿堂中國分公司市場部的群組，並不是官方內部群組，而是個「民間組織」，就跟大部分公司一樣，員工們總需要有個沒有主管的群組方便吐槽，但這種群組裡總會有那麼幾個跟主管通風報信的「叛徒」。換言之，這些聊天記錄是群組裡的人傳給蕭湛的，這個群組裡沒有封趣，當然也不可能有他，聊天內容倒是跟他們息息相關……

『我親眼看到封總上了那個男人的車，看起來很親暱呢！』說這句話的應該就是拍攝照片的人了。

『是男朋友嗎？』

『肯定是，她最近老是看著手機，不是發呆就是傻笑，怎麼看都像是談戀愛了。』

『封總不是喜歡蕭總嗎？』

『那個男人比蕭總帥！』

蕭湛不屑地哼了聲，將手機上了螢幕鎖，塞回口袋裡。

帥有什麼用？他還不是一通電話就把封趣叫來了！

如果封趣真的跟那個「Panamera」在一起的話，那對方現在應該深刻領會到什麼叫「不自量力」了吧？

想到這裡，他情不自禁地揚起嘴角，眉宇間透著得意。

# 第二章　你是阿拉丁嗎

掛斷電話後，封趣和薛齊他們匆匆道別。

當然，施易仍然想讓薛齊送她，好在薛齊沒有勉強，只是突然讓服務生拿了個蛋糕遞給她：「我託附近的朋友幫忙買，放到店裡冰箱裡的，本來打算走的時候再吃，既然妳有事，就帶回去吃吧。」

「謝謝。」封趣本想推託。老實說，要她拿著蛋糕走來走去也不方便，但她最終還是收下來了。

直到她離開後，施易終於按捺不住了：「你怎麼就這麼讓她走了啊？」

「不然呢？你沒看見她一副迫不及待的樣子嗎？」

「所以啊！你好歹也問一下她那通電話是誰打來的吧！」

「蕭湛。」薛齊想也不想地回道。

「咦？」施易驚疑地問道，「你怎麼知道？」

是聽到封趣手機裡傳出來的聲音了？不可能，縱然他耳力過人，隔那麼遠都能聽見，可是迄今為止，跟蕭湛接觸的人一直是施易，薛齊從來沒聽到過蕭湛的聲音。

「你不是說她喜歡蕭湛嗎？」薛齊漫不經心地道。

「我也是聽增滿堂的人說的，不知道是不是真的……」話說到一半，施易反應過來，「不對啊，這跟她喜不喜歡蕭湛有什麼關係？」

「我跟她朝夕相處了十幾年，見過她笑、見過她哭，當然也見過她跟喜歡的人說話時的樣子。」

「你這個推斷太主觀。」施易不贊同。

「我倒是覺得他的推斷是對的。」吳瀾給出了理由，「她以前跟三班那個校草說話的時候就是剛才那種表情。」

那是一種吳瀾不知道該怎麼形容的表情，眼睛在發光，眉間有羞赧，明明激動之情都快要溢出來了，語氣卻很平靜，就好像是在心底反覆告誡自不要自作多情，不要自作多情……

「怎麼又冒出個校草？」施易皺著眉頭問，「她以前不是想嫁給薛齊嗎？」

「那的確是個玩笑，她以前還說要去M78星雲的光之國找超人力霸王結婚呢！」

施易憋著笑，伸出手，拍了拍薛齊的肩膀，用幸災樂禍的語氣安慰道：「別難過，你好歹也是能跟超人力霸王一爭高下的男人。」

「比起這個……」薛齊看向吳瀾，問，「校草不是我嗎？」

「哎喲，我的天！」施易嫌棄地把搭在薛齊肩頭的手收了回來，「我就不該多此一舉，你這種人不缺安慰，缺臉皮！」

「不好意思，還真的不是你。」吳瀾沒好氣地白了薛齊一眼，「都說是三班的了。」

「三班還有校草等級的男人？」施易認真地回憶了一下，但還是一無所獲。

「印好雨啊。」吳灡回道。

薛齊嘴角顫了顫。

「誰選的校草？瞎了嗎？」施易也跟著說了一句。

薛齊情不自禁地點頭附議。

「我哪知道，反正當時有很多女生喜歡他，」吳灡頓了頓，故意加重了語氣以示強調，「包括封趣。」

「那傢伙不是人稱『小薛齊』嗎？穿著打扮哪一樣不是跟薛齊學的，恨不得一日三餐都跟薛齊吃同款，完全就是薛齊的影子啊。封趣是不是有病？放著正品不喜歡，居然去喜歡一個贗品，怎麼想的？」

「她本來就有病。」薛齊嘀咕了一句，兀自站起身，「走了。」

「咦？就這麼走了？」施易感覺今晚毫無進展啊，有點不甘心。

「不走幹嘛？留在這裡繼續吃宵夜？」

「不是……」確定不做些什麼嗎？人都約出來了，居然被蕭湛攪和，施易想想就委屈。

他連辦法都想好了，他等等打電話給封趣，就說薛齊食物中毒送去醫院搶救了，命不久矣，想見她最後一面。

他的計畫還沒說出口，手機就響了，是助理打來的。

整個通話過程他幾乎沒說什麼話，只是「嗯」了幾聲，但臉上的表情很凝重。這讓薛齊不自覺地站到桌邊。

施易掛斷電話後，朝他看了過去：「好啊，還真的被你說中了，蕭湛回國了，提出要延後談判，具體時間還沒確定。」

「為什麼突然延後談判？」吳瀾有些緊張地問，「該不會是突然不想賣了吧？」

「不會，留著三端對他們沒好處。」薛齊看了她一眼，解釋道，「延後談判是因為過幾天增滿堂旗艦店要開業，以他們之前的宣傳造勢來看，到時候股價肯定會漲，能趁機抬高價格。」

「何止啊，還能吸引其他對三端有興趣的公司入局，聽說已經有幾家公司向增滿堂拋出橄欖枝了，蕭湛這次回國應該就是為了跟他們接觸。」

吳瀾皺了皺眉頭：「那豈不是所有談判策略都變得毫無意義，唯一的遊戲規則就是價高者得了？」

「我老婆就是聰明。」施易讚賞地掐了掐她的臉頰。

「都什麼時候了，你還有心情開玩笑。」吳瀾扭過頭，避開了他的手，「薛齊根本沒有那麼多資金去競價吧？」

「確實沒有，但是他玩遊戲什麼時候遵守過規則了？」說著，施易轉頭看向薛齊道，「我先去查一下是哪幾家公司。」

「嗯。」薛齊點了點頭。

這確實不是什麼好消息，但也是預料之中的事，應付方式他當然也一早就想好了。如果能夠通過談判的方式和平解決當然最好，實在不行，他也有無數種方法讓那些競爭者後院失火，無暇入局。

總而言之，雖然有些麻煩，卻也不是什麼太過棘手的問題。

與之相比，封趣這個不確定因素才比較讓人頭疼，也是薛齊目前唯一無法掌控的變數。

◇

封趣剛到機場就看到了蕭湛，因為他實在太顯眼了。

他站在距離接機口不遠的咖啡店門口，側著身，肩膀靠在牆上，正在低頭滑手機。他穿著深褐色的薄款毛衣，外頭穿了件駝色風衣，下身是樣式簡單的牛仔褲，褲管往上捲了幾層，露出腳踝，配了雙小白鞋。明明是很普通的打扮，但逆天的顏值還是為他吸引了不少人的目光。

封趣甚至看到走在她前面的那個女孩正在用手機偷拍蕭湛，而他本人似乎也察覺到了，突然抬頭朝手機鏡頭看過來，略微愣了一下後，忽而一笑，是那種很妖孽的笑容。更妖孽的是，他又低下頭在手機上點了幾下，然後對那個女孩揚了揚手機，手機螢幕上是他的微信QR Code。

那個偷拍他的女孩害羞了，連忙停止拍攝，低下頭，抿唇偷笑。

蕭湛收起手機，推著行李車，舉步朝女孩的方向走了過來。

雖然看不見對方的表情，但封趣還是能透過那道背影感覺到那個女孩的緊張，那是一種既興奮又期待的感覺。

然而，蕭湛擦過她的肩，直直地停在了封趣面前，略顯詫異地問：「這麼快？」

「路況還行，沒怎麼塞車……」

「妳是想我想瘋了，恨不得立刻飛奔過來見我吧。」他揚起嘴角，笑得很滿足，像個如願吃到糖果的孩子。

封趣覺得有支箭不偏不倚地刺入了她的心臟。

她忍不住瞄了眼剛才那個女孩，捕捉到對方臉上的尷尬和失落後，一股奇妙的優越感在她心底油然而生。

「別得意了。」蕭湛伸出手，輕輕推了一下她的額頭，「趕緊送我回去把行李放下，我還約了朋友。」

「這麼晚……你約的是什麼朋友啊……」她顯然是有意見的，但又不敢表現得太明顯。

「女朋友啊。」

「女朋友？」封趣愣了愣，半晌才回過神來，「你那個一九九九年生的女朋友來中國了？」

「那個啊，」他不以為意地撇了撇嘴，「早分了。」

「這麼快？」距離他上次信誓旦旦地說找到了真愛才過去一個月，這份真愛的保存期限一如既往地短啊。

「快？對我來說度日如年好嗎！」他有些激動，滿腹的牢騷，「我跟妳說，這女的簡直有病！天天跑到公司送便當給我，如果只是普通便當也就算了，居然還是她親手做的，而且還都很特別，有熊本熊、皮卡丘，還有Hello Kitty！妳說我一個大男人，怎麼在眾目睽睽之下吃那種東西？我不要面子？於是，我就很委婉地告訴她以後不要這麼辛苦了，妳猜怎麼樣？她竟然給我跪下了，哭著說對不起給我添麻煩了！我能怎麼辦？我只好硬著頭皮繼續吃啊，都快吃成增滿堂的笑柄了！」

「就這樣？」

「何止！」他繼續傾倒著累積已久的哀怨，「前陣子我感冒了，妳知道她有多誇張嗎？非得跑到我家來照顧我！」

「這不是很好嗎？」

「她不准我下床啊，連廁所都不讓我去，非得要我用尿壺！我只是感冒而已，又不是半身不遂！這哪是女朋友，簡直是南丁格爾啊！太高尚了，我覺得自己配不上她！」

「所以你就跟她分手了？」

「糾正一下，是她跟我分手的。」

「啥？」這個發展有點出乎封趣的意料。

「我說我得回中國工作了，以後有空了會回去看她的。她說這樣太給我添麻煩了，還是分手吧。」

封趣愣了好一會兒才反應過來：「你這不是找藉口讓對方提分手嗎？」

「誰找藉口了。」蕭湛指了指面前的行李車，「我是真的被派回國了。」

封趣這才注意到，他有很多行李。

他在國內有房子，裡頭有足夠的換洗衣物，她也會定期去幫他更換洗漱用品，所以以往蕭湛回來也只會帶一台筆記型電腦而已，可是這一次……除了他隨身背的那個雙肩包之外，竟然還有三個行李箱，分別是二十吋、二十六吋、三十寸吋，看起來的確是要在國內久留的樣子……

「社長居然把你調回國了？」封趣仍舊覺得不敢相信，「為什麼啊？」

「說來話長，明天再說吧。」他看了眼手錶，「趕緊走吧，再晚他們就該散場了。」

封趣不情不願地咕噥了句：「那你幹嘛不讓你那個新女朋友來接你……」

「我想給她個驚喜。」

這還真是合情合理呢，所以她就活該來為他跑腿嗎？

封趣還是忍住了，來都來了，還有什麼好計較的，默不作聲地領著他往停車場方向走去。

封趣直到把蕭湛送到他家門口，眼看他就要下車，連個溫柔點的告別，甚至是客套地叮囑一句「開慢點」都沒有，她終於還是憋不住了，突然輕聲問了句：「你知道今天是什麼日子嗎？」

他頓了頓，眉心輕蹙，顯得有些不耐：「什麼日子？我們認識的紀念日，還是第一次說話的紀念日？怎麼女人都愛搞這套，我還以為妳跟那些無聊的小女生不一樣呢！」

「今天是世界洗手日。」

「啊？」

「沒什麼，就是提醒你一下，記得勤洗手。」

「喔。」蕭湛的表情可以用呆滯來形容。

直到下車他都沒反應過來，世界洗手日關他什麼事。

然而，封趣根本就沒有給他問清楚的機會，他剛關上車門，她立刻踩下了油門。

實在是太尷尬了！她都不知道自己的腦袋是怎麼回事，就為了證明她跟那些糾結紀念日的女人不一樣，居然連世界洗手日都想到了！這下是真的不一樣了，一般的女人哪有她那麼白痴啊！

事實上，封趣也確實是個不在意紀念日的人，她甚至都不記得第一次見到蕭湛是哪一天。她的生日原本她也不那麼在乎，畢竟連十月懷胎把她生下來的人都不在乎了，要不是薛齊提醒，她完全忘了。

她當然也沒有想過要蕭湛特意飛回國陪她過生日，可是，既然他都已經回來了，說一句「生日快樂」也好啊。

◇

封趣剛把車駛入停車場，手機忽然傳來微信提示音，她有些激動地立刻拿起來查看。可惜是薛齊傳來的，詢問她到家了沒有。

她隨手回了個「嗯」，轉念一想又覺得不太好，似乎不應該把情緒發洩在薛齊身上，於是又補充了一句：『剛停好車，正準備上樓呢。』

『那到家了打通視訊給我。』

『有事嗎？』

『陪妳吃蛋糕。』

她這才想起後座上還有蛋糕，忽然有點後悔，剛才就應該把蛋糕放在副駕駛座上的，這樣說不定蕭湛就能想起來今天是她的生日了！

到家後，封趣猶豫了一下，最終還是打了視訊給薛齊。以他的個性，她要是超過十分鐘沒打給他，他應該會主動打過來。

她能夠理解薛齊的心情，如果是她送了別人生日禮物，應該也想看到對方打開禮物時的表情。

於是她很配合地把手機架在茶几上，小心翼翼地打開了蛋糕：「蠟燭就不用插了吧？」

『插上吧，一年一次的許願機會，別浪費了。』

「我從小到大許的生日願望就沒有一個實現的……」雖然嘴上這麼說，但她還是把蠟燭插上了。

『那是妳沒把願望說出來。』

「你當我是白痴嗎……」封趣從茶几下拿出用來點香薰蠟燭的火柴，白了一眼手機那頭的薛齊，「願望說出來就不靈了，這是國際通用定律！」

『妳不說出來，我怎麼幫妳實現？』

「怎麼著？你是阿拉丁嗎？」

『試試吧，說不定管用呢。』

「那我真的試了啊……」說著，她小心翼翼地把點好的那枝蠟燭插在了蛋糕上，有模有樣地閉上眼睛，雙手緊握，輕聲道，「我希望三端可以重新代表湖筆[1]走出中國。」

那頭的薛齊微微怔了一下。

她吹滅了蠟燭，衝著他揚了揚眉，有些挑釁地問：「你能實現嗎？」

他回過神，輕笑了聲，調侃道：『妳還是不是女人？』

「怎麼了？」她不解地問。

『別的女人的生日願望都是些小願望，妳許那麼大是想累死我嗎？』

「不就是依靠自己的力量無法實現的事情才需要許願嗎？」他說的那些小願望，她都可以靠自己的努力去實現，但有些事是她拚盡全力也無法實現的，比如讓三端重整旗鼓。

薛齊並沒有給出正面回答，而是岔開了話題：『切蛋糕吧。』

「嗯。」她也沒再咄咄逼人，這對她來說是很難實現的願望，對薛齊又何嘗不是呢？

他的回避已經說明了一切，她沒必要繼續在他的傷口上撒鹽。

蛋糕已經融化了，切下去軟綿綿的一坨，她費了很大的功夫才把它放到紙盤裡，忍不住犯起了嘀咕：「你也真是的，其實根本不需要買蛋糕嘛，請我吃飯就已經夠了……」

『小時候不是答應過妳嗎？以後每年生日都會買蛋糕給妳。』

封趣心頭微微顫了一下。

這句話是薛齊六歲時說的，那是她在薛家過的第一個生日。那年的生日蛋糕是薛齊用他的壓歲錢買給她的，聽薛阿姨說他堅持由他來付錢，算是送給她的生日禮物，蛋糕也是他親自挑的，一個鋪滿草莓的粉色蛋糕，看起來就很甜。

她吃著吃著就哭了，儘管只有六歲，但那時候的封趣已經開始懂得控制情緒了，然而那一天她失控了。

在此之前，她從來沒有過過生日，更沒有蛋糕和蠟燭，也沒機會許願，當然也不會有一群人圍著她唱生日歌。他們一個個笑得比她還開心，這是她第一次感覺來到這個世界是件值得慶祝的事。

那一天，薛齊誇下了海口：「別哭了，不就是塊蛋糕嘛，以後我每年都買給妳就是了。」

直到他們失去聯繫前，他從未食言。

『中間空白的這些年，以後我找機會幫妳補上。』薛齊的話再次傳來。

她回過神，哭笑不得地白了他一眼：「怎麼補？你想讓我一次吃蛋糕吃到吐嗎？」

『總有機會補的。』他意味深長地道，也沒給封趣細究的時間，話音剛落就追問道，『蛋糕好吃嗎？』

「嗯，很甜。」

『很甜嗎？』薛齊微微皺了皺眉，『吳瀾說這個牌子的蛋糕不甜啊。』

「你不懂，心理作用。」

就在剛剛，她還以為今天是個極其糟糕的生日。

當然，今天的生日確實滿糟糕的，所以這樣的甜就顯得尤其溫暖。

封趣一直跟薛齊視訊到凌晨兩點多，其實也沒聊什麼，在那之後他在忙工作，她窩在沙發上追劇，各忙各的，互不干擾，只是開著視訊而已。

她快睡著的時候，薛齊掛斷了視訊，又打了通電話給她，提醒她回房去睡。

迷迷糊糊間她看了眼客廳的掛鐘，淩晨兩點半。

◇

這一覺她睡得特別沉，一直到早上十點多才醒來，還是被童佳芸接連不斷的電話吵醒的。

『妳該不會還在睡吧？』她充滿睡意的聲音惹來手機那頭童佳芸的咆哮。

「嗯……」封趣輕嘆，翻了個身。她一邊伸手去搆床頭櫃上的鬧鐘，一邊懶洋洋地問：「怎麼了？」

『快來公司！出事了！出大事了！』

鬧鐘顯示的時間是十點三十五分，封趣把鬧鐘放了回去，不以為意地問：「什麼事？」

『蕭總回國了妳知不知道？』

「就這件事？」別說她知道了，就算不知道，這也不是什麼值得大驚小怪的事吧。

『看來是知道了，聽說是昨晚回來的，你們是不是已經見過面了？』

封趣翻身下床，朝洗手間走去，含糊不清地「嗯」了一聲。

『那他有沒有跟妳說社長打算賣了三端？』

「妳說什麼？」封趣徹底醒了，驀地停住腳步，整個人就像是被點了穴。

『我說！社長想要賣了三端！這件事還是蕭總主導的，他昨晚沒有跟妳提過嗎？』

是的！沒提！蕭湛一個字都沒提！

但現在顯然不是計較這種事的時候，封趣對著手機說了句「我馬上就來」，也顧不上童佳芸的反應就放下手機，十萬火急地衝進洗手間，用最快的速度洗漱完。直到她換好衣服出門，整個過程用了不到十分鐘，這期間她腦子裡就只有一個念頭——果然她的生日願望從來都不會實現！

封趣趕到公司的時候是十一點半左右，有些員工已經去吃飯了，童佳芸顯然沒心思吃飯，焦急地在公司樓下踱步，一看見封趣的身影後就迫不及待地迎了上去。

「蕭湛呢？還在公司嗎？」封趣的腳步沒有片刻停頓，徑直朝辦公大樓裡衝。

童佳芸連忙緊隨其後：「在，妳先別衝動，有什麼話好好說。」

「現在是什麼情況？」她怎麼可能不衝動！昨晚她還在幻想三端能夠代表湖筆走出中國，一覺睡醒就聽說公司打算把這品牌賣了，這可是她堅守了整整七年的東西啊！

「總公司那邊派了一個談判小組過來，完全不讓分公司這邊的人參與，早上在會議室開了一上午的會，櫃檯小姐進去送咖啡的時候聽到了一些，說是好像現在有好幾家公司有意願，其中有一家兩個月前就寄了收購要約書到增滿堂總公司那邊，就是價錢一直沒談妥。」童佳芸知道的也不多，打聽到的只有這些。

「那為什麼是蕭湛主導？他不是向來只負責『小紅刷』那條線嗎？」雖然蕭湛有金融碩士學位，可畢業至今他幾乎沒有從事過與金融有關的工作，可以說是零經驗，就算三端再不重要，增滿正昭也不至於把出售案交給他啊。

「我跟總公司市場部那邊的人打聽了，他們也不是特別清楚，好……好像……」童佳芸欲言又止。

封趣皺了皺眉，逼問道：「好像什麼？」

「好像這個出售案一開始就是蕭總提議的……」童佳芸支支吾吾地道。

封趣陷入了沉默。

「他們也只是道聽塗說，還不確定……」

封趣看了她一眼，什麼話都沒說，兀自跨進了電梯。

電梯裡還有其他人，童佳芸也不敢再多話，只能一遍遍地輕聲提醒著封趣：「別衝動啊，千萬別衝動啊。」

顯然這種勸說並沒有任何效果，電梯才剛到，封趣就氣勢洶洶地衝了出去，直奔蕭湛的辦公室。

這氣場明眼人一看就知道有戲可看，於是無數雙眼睛整齊地追隨著封趣，直到她跨進蕭湛的辦公室後，那些人瞬間圍到童佳芸跟前，追問始末。

「什麼情況？」

「出什麼事了？這兩人居然也會槓上？」

「你們家封總不是向來對蕭總唯命是從的嗎？」

七嘴八舌的詢問聲吵得童佳芸頭疼：「哎呀，快去工作，沒你們的事。」

人群中爆發出此起彼伏的不屑聲，眾人掃興地散開了，童佳芸連忙探頭探腦地朝蕭湛的辦公室張望。

其實她什麼都看不到，辦公室的門緊鎖著，窗簾也拉得嚴嚴實實的。

辦公室裡，蕭湛正在打電話，看見封趣後並未流露出絲毫驚訝之色，只是輕輕皺了一下眉。

他早就料到她會來興師問罪，只是無法認同她這種橫衝直撞、門也不敲的方式。

他從辦公桌上翻找出一個資料夾遞給了她，用眼神示意她自己看，繼續講電話。

封趣將資料夾接了過去，默默地翻看起來。那是份收購要約書，畢竟剛才童佳芸已經鋪陳好了，封趣沒有太意外，真正讓她腦中瞬間空白的是發出這份要約書的收購方——中林投資有限公司。

這才是薛齊他們突然組團出現在她面前的真正原因吧！

他根本不是打雜的員工，她甚至有足夠的理由懷疑他才是中林背後操縱這個收購案的人！可是昨晚，他跟蕭湛一樣，即使在她說出「希望三端能夠代表湖筆走出中國」的時候，他都沒有提過這件事。

「抱歉。」蕭湛有些悶悶的話音突然傳來。

「啊？」封趣略微回過神，抬起頭，呆呆地眨著眼睛。

他已經結束了那通電話，正充滿歉意地看著她：「我爭取過了，可是這幾年三端的經營狀況妳也清楚，董事會那邊一致認為儘快脫手是最明智的選擇。」

封趣暗暗在心裡冷笑著：「所以，這件事基本上已經確定了是嗎？」

「嗯，出售三端已經是板上釘釘的事，誰都改變不了，不過具體跟哪家公司合作還沒確定。雖然中林那邊的代表承諾了會好好對待三端，但考慮到有很多人是收購之前各種承諾，收購之後又是另一張嘴臉，所以我們目前還在觀望，正好還有幾家公司也有收購意願，社長讓我先回來接觸接觸，我會儘量幫三端挑選到最好的買家。」

「是出價最高的買家吧？」封趣終於忍不住諷刺道。

「確實也有這方面的考量。」這點蕭湛並不否認，因為沒有意義，封趣對增滿正昭的了解一點都不比他少，「但這也不是什麼壞事，反正無論如何都是要賣的，能有更多的選擇餘地不是更好嗎？」

「為什麼這個出售案會是你負責？」這才是封趣最不能理解的地方。

「我好歹也是有金融碩士學位的人吧。」

「可你沒有任何實操經驗。」

蕭湛挑了挑眉，有些不悅地問：「妳是在懷疑我的能力嗎？」

「我懷疑的是增滿正昭的動機。」她冷靜了一下，盡可能理智地分析道，「這麼多年了，你負責的一直是製作和行銷，他不可能突然把你往這方面培養，更不可能拿上億的專案給你練手。增滿堂人人都知道我喜歡你，他也不例外，讓你負責就能更好地牽制我，如果我從中作梗，那就是跟你對著幹。」

「那妳會跟我對著幹嗎？」他說這句話的時候，語氣聽起來很自信。

這種自信讓封趣意識到蕭湛其實很清楚增滿正昭真正的用意，甚至是心甘情願地扮演這個角色。

她深吸了一口氣，毫不猶豫地道：「我會。」

這個回答顯然出乎蕭湛的意料。

「中林的收購要約書是兩個月前寄來的，整整兩個月，你連提都沒有跟我提過，為什麼？不就是怕我知道以後會節外生枝嗎？你把我當敵人一樣防著，卻要求我站在你這邊，憑什麼？就憑我喜歡你嗎？那我告訴你，我沒你想像的那麼痴情，也從來不是戀愛腦，兒女情長和家國情懷孰輕孰重，我還是會分辨的。」

蕭湛目不轉睛地逼視著她，問：「妳想清楚了？確定要為了三端跟我槓上嗎？」

「那你想清楚了嗎？你確定要為了討好增滿正昭跟我槓上嗎？」

他陷入了沉默。

很多時候，沉默往往是最好的回答。

封趣嗤笑了一聲，道：「既然立場不同，那就各憑本事。」

她撂下這句話後，轉過身頭也不回地走了。

蕭湛這才發現，他極其討厭看她的背影，總覺得透著一股他抓不住的決然。

當然，他從來不認為自己抓得住她，她只不過是明確地向他證明了這一點而已。

雖然話撂得夠狠，但其實封趣心裡一點底都沒有，她完全不知道薛齊究竟是什麼打算，接近她的目的又是什麼……

她既不能左右增滿正昭的決定，也不能讓蕭湛偏向中林，準確來說，他們都不會讓她接觸這個出售案。

也許，薛齊高估她了，以為她這個市場經理應該有決定性的作用。

她不斷地思來想去，覺得有必要直接跟薛齊好好談一下，而吳瀾的婚禮無疑是最恰當的時機。

◇

晚宴在一家距離市中心很遠的婚禮會所舉行，封趣五點左右就到了。吳瀾和施易還沒開始準備迎賓，正在跟現場的婚禮主持溝通流程，簽到桌倒是已經搭建完畢。有幾個人正聚在那邊閒聊，從年齡上看，應該都是來幫忙的吳瀾和施易的同事。

封趣找了一圈都沒有發現薛齊的身影，目光又回到了人最多的簽到處，猶豫著該不該先去簽到打聲招呼。

忽然，有個女孩注意到了她，和身邊的人說了幾句之後，微笑著朝她走過來。

那是個很漂亮的女孩，很洋氣，小麥色的皮膚，透著陽光的味道，很像熱愛戶外運動的人，手臂和小腿線條都很勻稱。她穿著一件紅色的短款平口禮服，大概是膚色的關係，那件禮服被襯得很豔。

從打扮上來看，這應該就是吳瀾所說的另一位伴娘吧？

封趣情不自禁地跟對方比較起來，無論是顏值、身材、氣質，她都完敗了！

很快，那個女孩在她面前停住了腳步，笑著問道：「妳好，妳是來參加吳瀾和施易的婚禮的嗎？」

「嗯……」封趣都不好意思說自己也是伴娘了。

「他們現在有點忙呢……」女孩看了一眼不遠處的吳瀾和施易，轉頭提議道，「要不然我先帶妳入席，一會兒正式開始迎賓了，妳再出來簽到合照？」

她說話時一直注視著封趣的眼睛，聲音不大不小但很好聽，彷彿天生的領導者，讓封趣不由自主地點頭接受了她的提議。

於是，她領著封趣往擺放在宴會廳門口的座位牌走去：「妳叫什麼名字？我幫妳看一下安排在哪一桌。」

「封趣，封建的封，趣味的趣。」她輕聲道。

女孩驀地停住腳步，轉身朝她看了過來：「妳就是封趣？」

封趣怔了怔，有些意外：「妳認識我？」

「常聽人提起。」她說著，目光由上至下地細細打量起封趣，眼神不像剛才那麼友善，多了一絲明顯的攻擊性。片刻後，她移開目光，自言自語般咕噥了句：「長得也不是很漂亮嘛。」

「嗯？」封趣故意裝作聽不懂她的挑釁，一臉無辜地眨了眨眼，「有人說過我漂亮嗎？」

四兩撥千斤啊！

「其實我也沒覺得自己漂亮，」封趣噙著不太好意思的笑容，道，「可能就是朋友之間的謬讚吧，妳也別太當真了。」

「誰當真了？」女孩憤憤地瞪了她一眼，「沒錯，薛齊是說過妳漂亮，可他也常說誰年輕的時候沒瞎過眼。」

「薛齊？」封趣以為她跟這個女孩唯一的交集應該是吳灡，敢情那種莫名其妙的敵意是因為薛齊？

這麼說來，這女孩該不會是喜歡薛齊，所以對她有什麼誤會吧？

說曹操，曹操到。

她正想著要不要問清楚，澄清誤會，薛齊的聲音就在她身後響起。

「妳去忙吧，我帶她入席。」

封趣轉身看了過去。

他看起來就像是剛睡醒一樣，頭髮有些亂，說話的時候他正在整理襯衫領口。

他這句話顯然是衝著那個女孩說的，然而那個女孩就像沒聽見一樣，絲毫沒有離開的意思，自顧自地跟他聊了起來：「你怎麼不多睡一下？五點半才開始迎賓呢。」

「睡醒了……」他回得心不在焉，正有些困惑地看著手裡的領帶。

就在封趣猶豫著要不要幫忙的時候，一旁的女孩已經走上前，朝他伸出手：「我來吧。」

薛齊愣了一下，沒料到她會這麼做，但還是把領帶交給了她。

她故意掃了一眼封趣，噙著一抹勝利者般的笑容替薛齊繫起了領帶。

封趣敢百分百肯定，這女人絕對是故意做給她看的！剛才那個眼神，簡直就像是正宮看「小三」！

「說起來……」薛齊邊享受著面前女孩的伺候，邊看向封趣，眉心輕輕蹙了一下，問，「妳怎麼這麼早來？」

當著那個女孩的面，她顯然沒辦法說想找他聊聊這種話，那樣只會讓誤會更深。於是，她隨口編了個理由：「我以為會塞車，就早點出門了，沒想到路上還滿順的。」

「妳……」他張了張嘴，還想再說些什麼。

女孩強行把他的頭掰了過去，不悅地嘟囔：「你能不能專心點？」

他皺了皺眉：「是妳繫又不是我繫，我專心幹嘛？」

「專心看著我繫啊。」女孩甜甜地笑著道。

「那妳快點。」薛齊不耐地回道。

「知道了。」嘴上這麼說著，可女孩完全沒有要加快動作的意思，甚至開始旁若無人地挑逗起薛齊，指尖若有似無地從他的脖頸上滑過，媚眼如絲，吐氣如蘭，「我的口紅色號好看嗎？」

薛齊瞥了眼：「還不錯。」

「想親嗎？」

演上癮了是嗎？

封趣聽不下去了，開口打斷他們道：「你們忙吧，我自己入席就可以了。」

沒等薛齊開口，女孩就搶著說：「好啊，座位牌就在那裡，妳自己找一下吧。」

「嗯。」封趣轉身前，還是忍不住瞄了一眼薛齊，他完全沒有想脫身的意思，自然不需要她解圍了。

直到她跨入宴會廳，薛齊才拉開面前的女孩的手：「行了，別玩了。」

「到底是誰在玩啊？」女孩揚了揚眉，毫不留情地拆穿了他，「一個天天上班都要打領帶的人居然不會繫領帶？你騙誰呢？可惜啊，人家封總完全沒有想幫你的意思，我這是在替你解圍啊！」

薛齊有些尷尬，下意識地想要去扯開領帶。

「幹嘛？打算扯開讓她再繫一次嗎？沒用的，你又不是蕭湛，人家不會理你的。」

他停住了動作：「妳是要自己閉嘴，還是要我想辦法讓妳閉嘴？」

「你不會真的想親我吧？」

薛齊懶得理她，兀自轉身對不遠處喊道：「施易，快找個人把她的嘴堵上，吵死了！」

「哎呀，人家今天結婚，正忙著呢。」女孩曖昧地朝他拋了個媚眼，「我們的事情我們自己解決，不要去打擾別人，乖啊。」

「乖妳個頭！我們哪來的事情要解決？」

「你再喊大聲一點，封趣就全都聽見啦。」

薛齊倏然噤聲，咬牙瞪著她。

女孩笑得很開心，能抓到薛齊的小辮子著實不容易，夠她玩一陣子了。

雖然聽不清薛齊和那個女孩究竟在說些什麼，但他們的笑鬧聲還是若有似無地飄進了封趣耳中，相比之下，這個宴會廳實在是太安靜了。

其實裡頭還是有不少人的，一些婚慶公司的工作人員忙進忙出，正在最後確認，燈光師在安裝設備，音響師在調音，還有一些人應該是吳瀾和施易的親戚，算著桌上的酒水，擺放著喜糖。

總之，在場的所有人都很忙，只有封趣顯得特別清閒，她想幫忙，卻又不知道自己能做些什麼。

她忽然覺得這場婚禮就像一場電影，而她不過是觀眾，還是走錯放映廳的觀眾，興致勃勃地入座後才發現這根本不是她想看的那部電影，離不了席也入不了戲。

直到六點左右，賓客們陸陸續續到了，她總算感覺到一絲熱鬧。

還得感謝吳瀾沒有把她安排到主桌，而是高中同學那一桌，至少面前坐著的那些人她都認識。只是這份熱鬧並沒有持續太久，他們的話題很快就朝著封趣不太想觸碰的方向發展了……

「說起來，你們知道吳瀾那個伴娘是誰嗎？」說話的是坐在封趣對面的男人。

太久沒見了，封趣一時想不起對方叫什麼名字。

「怎麼啦？你有興趣啊？」有人調侃道。

「是有點，所以得問清楚啊，我看她跟吳瀾的關係倒是很一般，反而跟薛齊形影不離的，萬一是薛齊的女朋友……」他頓了頓，頗覺惋惜地搖了搖頭，「朋友妻不可欺，這點道德觀我還是有的。」

「這得問封趣了，薛齊的事她最清楚。」

自從那個男人問出那句話，封趣就猜到這把火遲早會燒到她身上，早就做好了心理準備，於是噙著微笑，若無其事地回道：「我跟薛齊也很久沒見了。」

「對喔，聽說薛家出事之後你們就鬧翻了……」坐在封趣身旁的女人大驚小怪地道，「居然到現在還沒和好？」

這個人封趣還記得，叫餘瑩瑩，不僅是他們的高中同學，跟吳瀾還是初中同學，因為吳瀾的關係，封趣跟她還算不錯。但是三個人的友情就像三個人的愛情一樣，是長久不了的，總有一個人會被拋棄，而封趣就是被拋棄的那個。

雖然她不是很清楚中間究竟發生了什麼，但她能隱隱感覺到，吳瀾會跟她絕交，餘瑩瑩絕對功不可沒。

儘管如此，封趣從未想過要跟餘瑩瑩翻臉，以前沒有，現在更不會了。

她笑容不變，應付自如：「都是成年人了，哪來什麼和不和好的說法？只不過大家都有自己的生活了，總不可能還跟以前一樣。」

「自己的生活？」餘瑩瑩眼睛一亮，「這麼說，那個女的真的是薛齊的女朋友？」

小姐，妳是怎麼得出這種結論的？封趣驚訝地看著她。

「真的假的？你們居然都不認識她？」人群中忽然有人冒出了這句話。

那種彷彿所有人都該認識那個女人的語氣讓封趣很不悅。她誰啊，天天上頭條熱搜的女明星嗎？

「我們應該認識她嗎？」餘瑩瑩哼了聲，不屑地問，「她誰啊？」

果然只要立場相同，什麼恩怨情仇都能放下，封趣簡直想為她鼓掌了。

「崔念念啊。」剛才那個男人繼續道，仍舊是「你們都是一群無知婦孺」的口吻。

這種疊字式的名字封趣確實聽過不少，她身旁這位餘瑩瑩就是，但唯獨沒有聽說過崔念念。

那個男人急了：「哎呀，『百媚生』你們總該知道吧？她是百媚生家的千金！」

方才所有的不屑在這個真相面前頓時顯得無比可笑，包括封趣在內，無數人都被「打臉」了。

百媚生是老牌國產護膚品，在場每個人的童年裡應該都曾有過它的痕跡，說是國民品牌也不為過，只是後來選擇越來越多，國外品牌又都組團衝擊中國市場，百媚生沉寂了很長一段時間。就在人們都快要遺忘它的時候，它打著情懷牌殺了回來。

大部分的人認為百媚生的復活得益於它的行銷團隊，但封趣曾聽蕭湛說過，真正厲害的是背後替百媚生做ＩＰＯ[2]的團隊。

作為一個老品牌，百媚生和以前的三端一樣，存在著公司結構紊亂、帳目審查不嚴、各路資本虎視眈眈等問題，可是百媚生的老董事長在這種情況下迅速上市、融資、重占市場並最終成功將公司私有化。

這其中的操作難度究竟有多大，封趣不清楚，她只知道，就連增滿正昭都特意去打聽過幫百媚生做ＩＰＯ的公司，可惜一無所獲。整個金融圈似乎沒人知道那個謎一樣的幕後之人是誰，甚至有人覺得那是老董事長的女兒所為，聽說他的女兒是華頓商學院畢業的。

所以這個神祕人物就是崔念念？吳瀾的伴娘？薛齊的女朋友？

「哎喲，有錢人啊！」方才對崔念念興致濃厚的那個男人忍不住酸了起來，「還是薛齊厲害，家裡破產了就去找個小富婆，這得少奮鬥多少年啊！」

封趣回過神來。她向來對自己的表情管理很有自信，但這次她居然沒忍住，驀地擰起眉頭，下意識地維護起薛齊：「他不是這種人。」

「他以前有錢當然不是這種人了，現在可不好說。」男人睨了她一眼，「妳不是也很久沒見過他了嗎？」

「那又怎樣？你沒聽說過『江山易改本性難移』嗎？」薛齊的變化確實很大，可是本性不是那麼容易改變的吧？

「我還聽說過『由奢入儉難』呢，像他這種含著金湯匙出生的人，從小過慣了錦衣玉食的好日子，哪受得了粗茶淡飯啊？可是自己又沒本事，也只有那張臉還能看了，除了吃軟飯他還能怎麼辦？」

「你說誰吃軟飯呢……」封趣倏地站了起來。

「封趣。」

她的話剛開了個頭，就被一個輕喚聲打斷。

是薛齊的聲音，她立刻轉身看了過去。

他微笑著開口道：「快敬酒了，吳瀾叫妳過去。」

「喔。」她悶悶地應了聲，不再爭論。

薛齊並沒有直接離開，而是客氣地跟那些老同學寒暄了起來，包括剛才那個把他形容得很不堪的男人。他嘴上說著「招待不周」，但依封趣看，他還真是替施易和吳瀾把這幫老同學招待得無比周到，偽善得連她都自愧不如。

不得不承認，那些人說的話也並非毫無道理，她確實不了解現在的薛齊。

面前的那道身影讓她覺得無比陌生，原先設想好的那些話突然就說不出口了。

「那個……」於是，她選擇了試探，「你有沒有什麼話想跟我說？」

「嗯？」他愣了一下，停下腳步，轉頭目不轉睛地看了她好一會兒，突然道，「我和崔念念只是朋友。」

「啊？」誰關心這種事啊！

「他們信不信不重要，但我希望妳能相信我。」

她微微震驚，問：「那你呢？你相信我嗎？」

「當然。」他噙著微笑道，「如果連妳都不能相信了，這世上我還能相信誰？」

這句話真動聽，可是封趣感覺不到絲毫真心，他就像是不稱職的演員，敷衍地念著臺詞，笑容僅僅浮於嘴角，眼神是冷的，沒有任何溫度。

「哎呀，薛齊，總算找到你了！」突然有個聲音傳來。

兩人同時轉頭看了過去。

來人是施易的媽媽，她隱約察覺到了他們之間的氣氛有點不太對，愣了一下，問：「呃……我是不是打擾你們了？」

「沒事。」薛齊笑著問，「您找我什麼事？」

「喔，我有個姊妹有事來不了，請其他朋友幫她帶點喜糖回去，你們把喜糖放在哪裡？」施易媽媽問，然後偷偷打量著一旁的封趣。

「我幫您拿。」說著，他轉頭對封趣交代道，「吳瀾在新娘休息室，妳直接去找她吧。」

「好。」她點了點頭，轉身向施易媽媽禮貌性地笑了笑。

「辛苦了，辛苦了……」施易媽媽輕輕拍了拍她的背，順勢挽著薛齊朝宴會廳裡頭走去，一路上絮絮叨叨地說著什麼。

他們看起來很熟悉，確切地說，薛齊似乎和施易的親戚朋友都很熟悉。

封趣這才意識到自己太天真了，她低估了薛齊和施易的關係，沒想到他會那麼忙，婚禮根本不是談話的好時機。

或者說，即使剛才他們沒有被打斷，她也不打算說些什麼了。

薛齊根本就不相信她，就算她明確表示了願意幫他，他也未必會對她說出實情。

既然他希望她當個傻子，她配合就是了……

崔念念撐著頭，像觀眾一樣看著隔壁那一桌。

有個跟施易差不多年紀的男人正企圖拉著封趣喝交杯酒，那男人長得還很帥，看起來就是身經百戰的模樣，眉宇間透著些許不可一世的神色。這樣的男人崔念念見多了，她平常打交道的那些富二代十有八九是這個德行。

看起來，封趣不是那個男人的對手，她始終保持著微笑，簡直就是好脾氣易推倒，總覺得下一秒她可能就會被生吞活剝了。

旁邊還有個更加不擅長應付的……

「封、封趣，快走……」施易下意識地想跑，連聲音都有些顫抖。

封趣略覺困惑地瞥了他一眼，轉頭看向吳瀾尋求答案。

「是他表哥。」吳瀾湊到封趣耳邊，壓低聲音道，「這傢伙從小就被他表哥整，都有心理陰影了。」

「走什麼啊？」對方端起了兄長的架勢，一本正經地道，「還懂不懂規矩？大喜的日子，怎麼能連杯酒都不敬我？」

施易暗暗咬了咬牙，硬著頭皮轉身，一心想速戰速決。

「誰要跟你喝。」他表哥沒好氣地白了他一眼，轉頭笑著看向封趣，「妳叫封趣啊？」

「嗯。」她微微點了一下頭。

他加深了嘴角的笑意，輕聲道：「真好聽。」

「過獎了。」她禮貌地客套著。

「那陪我喝個交杯酒吧。」

可惡！又繞回來了！施易朝封趣丟了一個愛莫能助的眼神，又順勢把想幫封趣的吳瀾拉到了自己身後，老婆他還是得護著的。

「也不是不能喝，只是……」封趣抬了抬眼，媚眼如絲，粉唇輕啟，「一杯酒而已，你能撈到什麼好處嗎？」

他略微愣了一下，但很快便回過神來，重拾笑意：「什麼好處不好處的，熱鬧熱鬧而已。」

「那多沒意思。」封趣微微湊近他，提議道，「要不然這樣吧，交杯酒呢就先不喝了，來日方長……」

她將尾音拉得甜蜜而溫柔，就像是卡布奇諾上面的那層奶泡一般，讓人情不自禁地產生入口即化的遐想。她邊說邊伸出手，將對方手中的酒杯拿了過來，順手拿起桌上的紅酒瓶替他倒滿酒，把杯子交給他的時候，他故意將掌心覆在了她的手上。

封趣彷彿早料到了他會有這種行為，連眉頭都沒皺一下，依舊直勾勾地看著對方的眼睛，把手抽回，但同時指尖又若有似無地跟他的指尖勾纏了剎那。

是在下輸了！

他終於體會到人們常說的「心臟像被電到一樣，驟然緊縮」的感覺了，舒服得讓他瞬間就能腦補出一堆不可描述的畫面。

「我陪你多喝幾杯吧。」她用一種宛若枕畔低語的口吻，繼續道，「就我這酒量，一會兒說不定你就能撈到好處了。」

「好……好好……」施易的表哥被哄得一愣一愣的，顯然已經徹底喪失了思考能力，傻呵呵地仰起頭，把手裡那滿滿一大杯紅酒一飲而盡。

這一幕看得崔念念也有些喪失思考能力了。

她恍惚地看向身旁的薛齊，微張著唇，欲言又止，神情看起來很糾結。

「你想說什麼？」薛齊瞟了她一眼，問。

「本來是想說，你跟這種女人一起生活了十幾年居然沒死在她手上，真是不容易啊，但是仔細想想……」崔念念話鋒一轉，「你的段位也不低，她要是條毒蛇，你就是只毒蠍，你爸媽養著你和封趣是為了練蠱嗎？」

他竟然不知道該怎麼反駁。

確切地說，他是沒心情配合她的玩笑。

他心不在焉，目光一直膠著在隔壁那一桌上。

崔念念也好奇地又看了過去，很快她就意識到薛齊不再繼續置身事外的原因了。

很奇怪，明明那個男人已經完全被封趣蠱惑，像個傀儡似的任她擺布，她大可以立刻全身而退，又或者出於報復心理再多灌對方幾杯……總之，那個人根本就沒有多餘的心力在意封趣是否在陪他一起喝了。儘管如此，封趣卻還是為自己倒了一杯又一杯的酒，大有奉陪到底的意思，直到吳灝找了個藉口把她拉走。

可是，到了下一桌她仍然來者不拒。

這不合常理，就憑她剛才上演的那一齣，崔念念覺得她甚至有辦法滴酒不沾地敬完宴會廳裡的二十幾桌客人。

俗話說得好——事出反常必有妖。

她覺得馬上就能發現是什麼「妖」了，那頭正在跟吳瀾輾轉去下一桌的封趨忽然停住腳步，朝著她和薛齊所在的主桌看了過來。

片刻後，她直直地朝著他們走來，很快就停在主桌旁邊。

崔念念覺得自己就像是空氣一般，封趨沒看她一眼，兀自衝著薛齊說道：「我一會兒可能會喝醉。」

「不能喝就別喝。」他語氣裡透著一絲沒來由的怒意。

「你們不是叫她來擋酒的嗎？」崔念念忍不住吐槽了一句。

薛齊覺得胸口有點悶，狠狠地瞪了她一眼。

崔念念識相地閉上了嘴。

「坐下。」他站起身，試圖把封趨按到椅子上，「我來。」

封趨並沒有接受他的好意，而是舉步擋在了他面前：「如果連你也喝酒了，那結束之後誰送我回去？」

有點道理，薛齊頓住了。

封趨埋頭從手包裡掏出一串鑰匙，塞進他手裡。

他猶豫了一會兒收起鑰匙，勉為其難地道：「把具體位址傳給我。」

直到封趨又轉身離開後，崔念念恍然大悟，猛地拍了一下桌子，嚷道：「我明白了！她這是故意喝醉想讓你送她回家啊！」

「這麼做有什麼意義嗎？」薛齊反問她。

「還用問嗎？不就是『我有乾柴等著你的烈火來燒』的意思嗎？」崔念念想了想，提議道，「我記得今天有人送給施易一條『安全褲』，不然你去跟他要來隨身帶著以防萬一？」

薛齊眉梢一揚，問：「那萬一我的烈火被喚醒了呢？」

喔，她差點忘了，他和封趣就跟練蠱似的，誰吃了誰還不一定呢。

其實封趣的酒量並不好，她只是勝在巧舌如簧，擅長和那些勸酒的人周旋。以前同學聚會時，她總是那個直到最後都保持著清醒，還能幫大家收拾酒後殘局的人，隔天酒醒後大家的記憶都有些模糊，誰也說不清她到底喝了多少，以至於所有人都以為她千杯不醉。

事實上，她也只有一瓶紅酒的量，可是今晚，她喝了五六瓶。

最後落在薛齊手上的，是個醉得完全不省人事的封趣，他費了好大一番功夫才把她安全送回家。

鑒於她家有隻不停衝著他叫的狗，他本打算把封趣安置好後就走，可就在他轉身時，她忽然抓住了他的手腕。

「別走……」含糊不清的囈語聲從她微張著的粉唇間溢出。

一瞬間，曖昧氣氛將整間臥室填得滿滿當當的，薛齊甚至覺得連狗叫聲都有些美妙，他情不自禁地咽了咽口水，死死地瞪著她。

「幫我……幫我遛一下狗……」

很好，所有曖昧戛然而止。

薛齊轉頭瞥了一眼沙發旁那隻仍在對著他叫的狗。怎麼遛？這怎麼遛？他極有可能會被咬死啊！

為了生命安全考慮，他企圖掰開封趣的手，假裝什麼都沒聽到。

他好不容易得逞了，封趣又倏地坐起來，這次索性攔腰抱住他：「拜託幫我遛一下狗啊……」

幾乎同時，那隻狗就像聽得懂人話一樣，停止了叫喚，取而代之的是撒嬌般的嗚咽，然後居然還對著他搖尾巴！

薛齊怔怔地看了牠一會兒，覺得牠此時此刻的樣子像極了小時候的封趣，有奶就是娘。

算了，不過就是遛一下狗，耽誤不了多少時間。

結果他耽誤了大半個小時，遛完狗後，還秉著好人做到底的想法，幫狗倒了水和狗糧。

然後他情不自禁地坐在一旁，帶著老母親般的微笑看著牠吃。

直到一陣吵鬧的手機鈴聲響起，他驀地回神，是封趣的手機。

她迷迷糊糊地伸手尋找著手機，薛齊見狀站起身，從她的包包裡翻出手機，不可避免地瞥見了來電顯示——

印好雨？

這個名字讓他愣了一下，不由得回想起不久前吳瀾說過的「反正當時很多女生喜歡他，包括封趣」。

就在他恍惚時，封趣忽然抓過手機，神志不清地在螢幕上滑了好一會兒，直到鈴聲停止了，她才把手機放到耳邊，罵道：「吵死了！」

『妳說誰吵？說誰呢？』封趣似乎是按到了擴音，印好雨的叫罵聲清晰可聞，他喊了好久都得不到回應，這才開始覺得不對勁，『喂？喂喂？封趣！妳倒是說句話啊！什麼意思啊？罵完就不理人了？我找妳是有正經事……』

說不清為什麼，薛齊鬼使神差地伸手接過了手機。

他按掉擴音，把手機貼到了耳邊：「喂。」

手機那頭的人頓時陷入安靜，好一會兒後，印好雨的聲音才再次傳來：『蕭湛？』

薛齊幾不可見地皺了皺眉：「我是薛齊。」

『誰？』

「薛齊。」他又重複了一遍。

手機那頭的人炸了：『你居然還活著？不對啊，為什麼是你接的電話？你跟封趣在一起？你們什麼時候又勾搭上了？』

「關你屁事。」

『怎麼就不關我的事了？封趣呢？你讓封趣聽電話！』

薛齊有些故意地回道：「她睡著了。」

『睡、睡著了？』瞬間，印好雨似乎腦補了不少內容，『你們剛才在幹什麼！』

「我要說什麼都沒幹，你信嗎？」

又是一陣沉默。

「沒什麼事我掛了……」

『等一下！』印好雨叫住他，猶豫了片刻後道，『算了，跟你說也一樣，反正這件事本來也跟你脫不了關係。』

薛齊被勾起了興趣：「什麼事？」

『你替我轉告封趣，因為天氣開始轉涼了，所以我們家之前租給三端的生產線，要全數收回。』

薛齊蹙了蹙眉心，問：「收回生產線？三端的生產線是向『正源』租的？」

『不然呢？你該不會以為三端還有資格使用原先的生產線？那些生產線光是生產增滿堂的化妝刷都不夠用，怎麼可能挪給三端？一個副品牌還想跟主品牌搶資源？想什麼呢？』印好雨嗤笑了聲，『說出來不怕虐死你，增滿正昭每年撥給三端的預算簡直少得可憐，他們要是按正常市場價去租生產線，恐怕連買原材料的錢都沒有。我也是看在封趣的面子上，才肯以低於市場價一半的價格租給他們。』

談不上有多虐，這些薛齊早就已經猜到了，只是還需要確認一下：「也就是說，一旦正源收回生產線，三端就有可能面臨停產的風險？」

『是這樣沒錯。』

「所以，你僅僅是因為天氣轉涼了就想讓三端停產？」

『這只是藉口，你聽不出來嗎？』

「這藉口……」薛齊抿了抿唇，諷刺道，「真實在。」

『哪比得上封趣實在啊！捫心自問，這些年我對她不算差吧？她倒好，簡直把我當白痴耍！不久前還求我跟她續約，我為了她跟董事會那群老傢伙鬧得昏天暗地，結果呢？結果增滿堂要賣了三端，她居然連招呼都沒跟我打！我要不是聽到了風聲，說不定現在還在跟董事會周旋呢！』

薛齊眉心一緊：「你從哪裡聽到的風聲？」

『關你屁事。總之，這件事她絕對是知情的！我算是看清了，她找我續約就是為了拖著我，以免三端在這時候爆出停產危機、影響市值！說起來，』他頓了頓，怒不可遏地嚷道，『你也知情吧？你們到底是什麼時候聯繫上的？三端要賣了，她沒理由不告訴你！』

「你為什麼這麼肯定她知情？」這恰巧是薛齊一直無法肯定的事。

他試探過她很多次，剛見面就故意讓她知道他在中林工作，特意開車去公司接她，甚至連施易和吳瀾都沒有掩飾過他們是抱著某種目的而來的……可她的每一個反應都像是對收購一事渾然不知。如果那些都是演出來的，那她的演技還真是爐火純青。

『她前陣子突然給了我一堆資料，要我幫她建模做ＤＣＦ[3]和ＰＥＧ[4]，這一切不是為了出售是什麼？』

薛齊下意識地揚了揚眉，ＤＣＦ模型即現金流折現模型，其重點在於公司的自由現金流，但通常很難預測一家公司未來的自由現金流，所以一般還需要配合其他估值法，比如ＰＥＧ、ＲＩＭ[5]之類……作為收購方，不可能獲取對方公司的真實資料，很難準確建模，因此很少有人會去做ＤＣＦ。然而出售方需要得到一個最低心理價位，這些模型就很有必要了。

換句話說，一份來自出售方的ＤＣＦ模型，對收購方來說就是一盞明燈，尤其是像他這種槓桿收購。

只是這件事太巧了，巧到薛齊覺得不對勁。

他瞇了瞇眼，微微偏過頭：「如果我沒記錯的話，你也是學金融的。」

『為什麼要說「也」？』印好雨就像是被戳到了痛處，咬牙切齒地吼道，『是！沒錯！就是因為你沒事跑去學什麼金融，我們家那個死老頭就完全不管我的意願，也非得逼著我學金融！怎麼樣？有意見嗎？』

「我只是想不通你都學了點什麼，她一個做市場的突然讓你建模，你就不覺得奇怪嗎？」正常來說，他早就應該聯想到出售了。

『她說是為了申請預算！』

「這你也信？」智商是被封趣吃了嗎？

『對啊！老子信了她的邪啊！』印好雨突然話鋒一轉，『話說回來，你有什麼資格嘲笑我？搞得好像你沒被她騙過一樣。』

這句話就很有說服力了！

差點忘了，這可是封趣，就算是再拙劣的謊言，她都有辦法演繹得天衣無縫。

薛齊看了一眼封趣，決定收下這意外的收穫：「那些模型你那裡還有嗎？」

『你想幹什麼？』

「想看。」

『我憑什麼要給你看？』

「憑我有無數種方法讓你交出來。」

『你這嘴炮放得比我剛才的藉口還要不實在！』

薛齊不以為意地彎了彎嘴角：「掛了，下次見。」

『下次見是什麼意思？你到底想幹什麼？喂？喂喂？你倒是把話說清楚啊……』

薛齊掛斷了電話，將那吵鬧的聲音掐斷。

然而印好雨顯然沒那麼好打發，才過了片刻，手機鈴聲又響起。

封趣翻了個身，含糊不清地咕噥著，似是在咒罵，但還是本能地探出手尋找手機。

見狀，薛齊索性把手機調成了震動，隨手丟到角落裡的椅子上。

◇

陽光很刺眼，刺得封趣眼睛有點疼。

她伸手擋住光線，半瞇著眼睛，茫然地環顧四周……她為什麼會在房間裡？她記得薛齊把她丟到沙發上，然後……

砰！

一陣悶響傳來，聽起來像是鍋子之類的東西掉在地上的聲音。

有人在她家？意識到這一點，她猛地繃緊神經，但是很快又放鬆下來。海苔沒有叫喚，那應該是牠認識的人。

想到這裡，她掀開被子翻身下床，沒找到拖鞋，索性光著腳走了出去。

她家的廚房是半開放式的，斜對著臥室的門，一出門她便看見廚房裡有道身影，正手忙腳亂地處理著地上的殘骸，看起來像是煎焦的荷包蛋。

封趣小心翼翼地靠近，雖然腳步很輕，但還是驚動了廚房裡的人，他轉過身來……是蕭湛。

他站起身，微微轉頭，打量了她一會兒，半開玩笑地問：「妳那是什麼表情？」

「嗯？」她愣了愣，不解地問，「什麼表情？」

「看起來好像有些失望。」

她非常確信自己臉上沒有任何失望的痕跡，頂多只是有些驚訝，但她沒有急著否認，而是茫然地問：「為什麼要失望？」

「或許……」他眉梢動了動，提出了個意味深長的假設，「妳希望見到的人不是我？」

他居然在試探她？

在增滿堂的七年對封趣而言並不好過，但至少在蕭湛面前她一直是放鬆的，甚至可以說是毫無保留。她從未想過他們之間會演變成如今這種鬥智鬥勇的局面，唏噓的同時，又不得不逼自己打起精神，畢竟眼前這個人實在是太了解她了，她必須拿出最好的演技才有可能把他糊弄過去。

「廢話。」她輕嗔了句，繼續道，「我牙也沒刷、臉也沒洗，頂著昨天的殘妝還一身酒氣，怎麼可能想見你啊。」

「是這樣嗎？」他半信半疑地問。

「不然呢？」封趣哼了聲，順勢岔開了話題，「你一大清早跑來我家幹什麼？」

「妳忘了今天是旗艦店開業的日子嗎？」

封趣輕輕蹙了一下眉頭：「所以，你是來盯著我的嗎？」

「我們之間還能不能好好說話了？」

封趣抿了抿唇，收起咄咄逼人的氣勢。

「我只是聽童佳芸說妳昨晚去參加朋友的婚禮，怕妳喝多了睡過頭，所以就想順路來接妳一下，打妳的電話一直沒人接，乾脆就自己上來了。」

「你倒是還記得我家的密碼……」她輕聲咕噥了句，明顯放軟了語氣。

「妳家的密碼不是我親自幫妳設的嗎？」他好笑地道，「我還不會連自己的生日都忘記吧？」

是啊，他當然不會忘記自己的生日，只是把她的生日忘了而已……

封趣忍住吐槽，擠出了笑容：「我去換衣服，我們出去吃吧。」

話音剛落，她就快步朝臥室走去。

她不知道是什麼讓蕭湛得出「或許妳希望見到的人不是我」的結論，也不知道他這樣試探她的目的何在……她只知道，這時候無論如何都不能讓薛齊暴露……

所以，她必須用最快的速度把自己收拾完，然後把蕭湛帶離這裡。

1 湖筆：產於中國浙江湖州善璉鎮的毛筆。
2 IPO：首次公開發行，Initial Public Offering 的縮寫，指公司首次將股份向公眾出售。
3 DCF：現金流折現模型，Discounted Cashflow Model 的縮寫，估算股東能從企業拿回多少現金流量的現值總和。
4 PEG：本益成長比，Price/Earnings to Growth Ratio 的縮寫，指本益比除以稅後淨利成長率所得出的結果。
5 RIM：剩餘收益估價模型，Residual Income Valuation Mode 的縮寫，估算公司的淨利潤與股東所要求的報酬差。

# 第三章　君子報仇

法證之父曾說過——凡兩個物體接觸，必會產生轉移現象，即會帶走一些東西，亦會留下一些東西。

埃德蒙．羅卡誠不欺我啊！

可惜封趣太晚意識到這一點，低估了自然規律，也低估了蕭湛的智商，當她懷著無比雀躍的心情鑽進車內，準備出發時。

「妳昨晚怎麼回來的？」蕭湛突然發問。

直到這一刻她仍在輕敵，這個問題她早就考慮過了，簡直應付自如：「叫計程車回來的啊。」

「不是喝酒了嗎？」

「也沒喝多少，叫車的意識還是有的。」

「那妳的車借給誰開過嗎？」

「沒有啊。」為什麼這麼問？她蹙了蹙眉，有種不祥的預感。

蕭湛輕笑出聲，提醒道：「妳剛才調了座椅。」

他是被埃德蒙．羅卡先生附體了嗎！

「嗯？」他挑了挑眉梢，催促著她回答。

封趣萬萬沒想到還有這一樁等著她，在這短短數秒鐘之間，她想了很多藉口，比如「昨天把車送去洗了，可能是洗車工開過」之類的，但又迅速推翻了這些藉口……太假了，說服不了一個被埃德蒙・羅卡先生附體的男人。

結果她就像很多出軌被抓的男人一樣，在意識到繼續掙扎也改變不了什麼的情況下，選擇了坦白。

「確實有別人開過。」她轉眸，挑釁地看著蕭湛，「那又如何？」

「男人嗎？」

「是啊。」

「妳就沒什麼要跟我解釋的嗎？」

「解釋什麼？」封趣好笑地道，「我為什麼要跟一個朋友解釋我的私生活？」

他沉默了，如她所料地沉默了。

誠如童佳芸所言，蕭湛對她的態度確實就是不拒絕也不接受，他享受著若有似無的曖昧，保持著若即若離的距離……總而言之，他始終遊刃有餘地遊走在愛情與友情的界線邊緣，而封趣賭的就是他不敢跨過這條線。

也不知道是不是該慶幸，她賭贏了。

不管怎麼說，她的目的算達到了，窮寇莫追，是時候見好就收了。

她收起咄咄逼人的氣勢，也挪開了目光，若無其事地提醒他繫上安全帶，明確釋放出這個話題就此結束的信號。

可讓她沒想到的是，這一次，竟然是蕭湛不想結束。

「封趣，」他溢出輕喚，聲音有些喑啞，倏地湊近她，「妳是不是真的以為我不敢對妳做些什麼？」

她怔了怔，差點就亂了陣腳，好在很快就重拾了理智。

剛才那招已經算得上是釜底抽薪了，倘若敗下陣來，她就只有死路一條。她死事小，暴露了薛齊才是萬死難辭其咎啊！

於是，她硬著頭皮仰了仰下頷：「你敢嗎？」

「就試試看吧……」說著，蕭湛驀地伸出手，指尖穿過她的髮絲，牢牢扣住了她的後腦勺，幾乎同時，他歪過頭，猝然靠近。

眼看著他的唇瓣就要落在她的唇上，她甚至已經能夠清晰地看到他臉上細小的絨毛……

突然，他的手機鈴聲響起。

他頓了一下，眉頭緊蹙，遲疑了片刻後猛地放開她。

就在他接通電話的同時，他清晰地看到封趣鬆了一口氣，這口氣就像是一團吸滿水的棉花，堵在了他的胸口，讓他連呼吸都覺得悶痛……

『喂，蕭總？蕭總，你聽得到嗎？喂？喂喂？』

手機裡傳來的喊叫聲拉回了他的神志，他有些遷怒地對著手機吼道：「有屁快放！」

手機那頭的人似乎被嚇到了，沉默了一會兒，怯怯地道：『朋、朋友圈和微博上有不少財經相關的行銷帳號正在轉發一篇文章，大概內容是總結三端的沉浮史，哀、哀悼三端的消亡……』

「好端端的為什麼感嘆三……」蕭湛猛然止住了話，瞥了一眼旁邊的封趣，刻意避免提及三端，含糊不清地低吼道，「消什麼亡？誰說要消亡了！」

『我、我也不清楚……按照那些行銷帳號的說法，是正源收回了租借給三端的生產線，其他有生產線的廠家也都不願意跟三端合作，所以三端即將面臨停產……聽說社長剛下飛機就被不少財經記者堵在機場了，都在問他情況呢……』

「那你還有空打電話給我？趕緊安排人去機場啊！」

『那篇文章……』

「是社長出席旗艦店開幕式重要，還是那篇文章重要？」

『我明白了。』

蕭湛也不確定對方是否真的明白了，又不放心地叮囑了一句：「你只要負責把社長接去旗艦店，其他的事情我會處理。」

『好……』

這聲「好」實在很靠不住，事出緊急，蕭湛也懶得跟他計較。

他掛斷電話後，打開了微博，按照那些媒體的反應來看，那篇文章應該已經鋪天蓋地，不難找到。

果然，他很快就在「熱門」裡看到了某個行銷帳號發的長文。確切地說，是一張截圖，圖片右下角密密麻麻地蓋著很多浮水印，但從文字描述中還是不難看出撰寫這篇稿子的是一個叫我聞的財經新聞類ＡＰＰ。

文章很長，蕭湛只粗略地掃過，他對三端的沉浮史沒興趣，也沒情調去哀悼它的「消亡」，他不過就是大致了解一下情況，順便冷靜一下，以便整理出整件事的關鍵所在。

而他最終能想到的關鍵是——封趣。

「發生什麼事了？」她茫然地問，「為什麼這樣看著我？」

「妳知道正源決定收回租借給三端的生產線嗎？」

「你說什麼？」封趣激動得大吼，臉上寫滿了難以置信。

「這麼大的事，印好雨就沒有事先跟妳說一聲嗎？」這不可能，憑她和印好雨的關係，就算整件事不可逆轉，他也會提前知會她一聲。

封趣沒說話，這種情況下不管她怎麼解釋都說不清，而她也沒工夫去解釋。

她有些慌亂地從包包裡翻出手機，撥通了印好雨的電話。

很快電話就接通了，封趣什麼都還來不及說，印好雨就率先搶白道：『別說了，這是董事會的決定，我改變不了。』

手機連接著車載音響，印好雨的聲音從車內音響裡傳了出來，即使是一旁的蕭湛也能聽得一清二楚。

他開始有些動搖了，或許他真的誤會封趣了？

「可你至少應該事先跟我說一聲吧！」封趣啟唇吼道，情緒很激動。

『我昨晚打過電話給妳好嗎？鬼知道妳在幹什麼見不得人的事！』

封趣有些緊張地瞄了一眼蕭湛，見他只是微微蹙了一下眉心，沒有太大的反應，連忙道：「我喝醉了啊！電話裡說不清楚，你也可以傳訊息給我啊！」

『我又不是妳的下屬，憑什麼要那麼周到地伺候妳？』他沒好氣地哼了聲，『總之我說過了，有沒有聽到是妳的事。再說了，就算妳事先知道又怎麼樣？都說了這件事我改變不了。』

「你明明答應過會幫我去跟董事會爭取的……」

『妳還好意思說！妳倒是和我解釋解釋，增滿堂都已經打算賣掉三端了，妳為什麼還要我去跟董事會死纏爛打續約的事？這是在耍我嗎？』

封趣怔了一下，問：「誰跟你說增滿堂要賣掉三端的？」

『喲，還想隱瞞呢？封趣，妳是不是真的當我傻？妳家蕭湛那麼頻繁地跟收購方接觸，我又不瞎！連這都看不懂，我還混什麼？』

封趣默默地瞟了一眼旁邊的蕭湛，臉上毫不掩飾地寫著「你的鍋你來接」。

於是，蕭湛接過了話題：「你要是不傻，會把這件事爆給媒體？」

『你給我滾遠點！這裡有你說話的份嗎？還真的當自己是我妹夫了？我妹罵我也就算了，你一個外人跟著湊什麼熱鬧？別說爆給媒體了，老子就是爆上天你也管不著！』

這是真的要爆上天的節奏，封趣趕緊把話題搶了過來：「哥！你先冷靜……冷靜一下……你現在在公司嗎？我過去找你，有什麼話我們好好說……」

還沒等她說完，蕭湛就按下了螢幕上的掛斷鍵。

封趣愕然地轉眸：「你幹什麼？」

「還跟他廢話什麼，反正他也改變不了什麼事。」

「可是……」

「別可是了，他說得也有道理，反正社長都已經打算賣掉三端了，正源跟不跟我們續約不重要，所以我勸妳最好也別白費力氣，就算留住正源，也改變不了三端被出售的命運。」

「對了，回頭替我轉告他，我不稀罕當他的妹夫！」

別以為他不知道印好雨心目中的最佳妹夫人選是誰，他連那個名字都不想提，更不想總是被拿來跟那個人比較！

身旁的安靜讓正在氣頭上的蕭湛忽然冷靜下來，隨即意識到他那句氣話可能會被她誤會，張了張嘴想要解釋，可一想到她剛才鬆了一口氣的樣子，那些解釋又被他硬生生地吞了回去。

隨便吧，她愛怎麼想就怎麼想。

他也是要面子的，都已經一大早跑來幫她做早餐哄她了，還想要他怎麼樣？

◇

旗艦店的開幕式很順利，但三端的出售很不順利，我聞發的那篇長文迅速發酵，以迅雷不及掩耳之勢在短短一天之內席捲網路。

正所謂，外行看熱鬧，內行看門道。

對大部分的網民來說，這篇文章只不過是在抒發情懷，人們在鍵盤上感慨著又一個民族品牌無奈消亡，其中也不乏一些愛好者曬出至今還保留著，由「三端筆莊」製造的筆或是用三端的筆畫的幾幅畫，不過就是一場短暫的狂歡，熱度持續不了多久。也許明天大家就會忘了三端，轉身該幹什麼就幹什麼。一個不爭氣的民族品牌就如同煙火一樣，最絢爛的時候就是它即將消失的時候。

對金融圈的人來說，三端面臨停產也就意味著這個品牌已經沒有多少剩餘價值，增滿堂在這種時候想要將其出售就如同在甩掉一個燙手山芋，白送都怕燒傷，若是花幾億去接盤怕是會淪為圈內笑話。

當然了，凡事都有兩面性。

「劉總，這件事沒那麼悲觀，你想想你得花多少錢才能讓三端上熱搜？可是現在，它已經在微博熱搜上掛一下午了，而你一分錢都不用花。換個角度想，這何嘗不是一種行銷？那些網民的態度相信你也都看到了，如果你能在這時候接手三端，靠著情懷牌，就能輕而易舉地讓它起死回生。」蕭湛耐著性子跟電話那頭的劉總分析著。

對方倒是聽得很認真，一直沒有打斷他，直到他說完後才回道：『你說的我都明白，實不相瞞，我們家王董也不至於為了這點事就改變主意，本來就只是想買個殼，誰管它是不是停產，但是……』

「但是」這兩個字一出來，蕭湛就產生了摔手機的衝動。

可是沒辦法，有求於人，他必須忍著，說不定會有什麼轉機呢？

『實不相瞞，我們公司現在是自顧不暇啊，正在做的一個IPO專案出了點問題，短期之內怕是解決不了，無法融資，資金鏈跟不上啊！』

這已經是蕭湛今天聽到最正經的理由了，之前那幾個要嘛乾脆不接他的電話，要嘛就是以「這個項目跟公司未來規畫不符」的理由敷衍了事。

他回國後接觸的那幾家公司都已告吹，剩下的就只有中林投資了。

他之所以會把中林投資放到最後，是因為他們出價實在太低，且一副毫無轉圜餘地的態度。

「除非別無選擇，否則不予考慮。」

這是社長的原話。

現在應該算是別無選擇了吧？

蕭湛猶豫了片刻後，還是打了電話給中林那邊負責這個專案的人。

撥號等待音響了很久，久到他以為又要被無視了，甚至打算主動掛斷時，那頭忽然傳來了一個熟悉的聲音：『蕭總？』

「嗯，是我。」

『有事嗎？』那頭的人反應很冷淡，相較於之前簡直判若兩人。

這也算是情理之中，蕭湛並沒有太當一回事，繼續道：「我們社長今天來中國了，不知道你們那邊什麼時候方便重啟談判？」

手機裡傳來了一陣輕笑聲：『怎麼？其他幾家都不玩了？』

這也是蕭湛不太想跟中林合作的原因之一，他極其不喜歡跟這個負責人打交道！

『我們中林看起來特別像接盤俠嗎？』

「如果不方便的話那就……」

『我考慮一下。』

「嗯？」峰迴路轉？他已經決定放棄了！

『坦白說，鬧成這樣，公司決策層是不太可能想繼續這個項目的，但我一開始就說過，我對三端有情懷，所以我會儘量再爭取看看。』他頓了一下，似乎是在考慮，片刻後續道，『這樣吧，給我三天時間，三天後我給你答覆，如何？』

「那就麻煩了……」

蕭湛掛斷了電話，突然有個念頭在他腦海中冒出，剛有了模糊的雛形，一旁的封趣就湊了上來，急不可耐地追問：「怎麼樣了？」

蕭湛轉眸打量了她一會兒，不冷不熱地回道：「恐怕要讓妳失望了。」

封趣愣了一下，不明就裡地問：「什麼意思？」

「中林說會再考慮一下，三天後給我答覆。」他忍不住哼笑了聲，「欲擒故縱而已，他們只是想趁此機會再壓一下價格，總之這場談判一定會重啟。」

封趣聽懂了他的言下之意：「你還是不相信我，覺得這件事跟我有關？」

「我希望跟妳無關。」他抿了抿唇，輕嘆了一聲，「可我不知道該怎麼說服自己。」

儘管她剛才和印好雨講電話時他就在旁邊，一字一句聽得很清楚，但是太清楚了反而顯得有些刻意，就好像是商量好，要演一齣戲給他看似的。

封趣陷入了沉默。

有那麼一刹那，她的心驟然軟了幾分。她甚至默默地問起自己，這麼做對蕭湛是不是太不公平了？

休息室的門忽然被推開，一群人魚貫而入，打斷了封趣的自我交戰。

領頭的是增滿正昭的祕書，一個四十多歲的男人，頭髮已經有些花白。他戴著一副金框眼鏡，穿著一身灰色西裝，標準的日本人長相，笑容滿面，但沒有絲毫人情味，就像一台機器。他剛進門就朝著蕭湛和封趣鞠了一躬，這不過是他的習慣性動作而已，並不代表他有多謙遜，事實上，他根本就沒用正眼看過他們。

緊隨其後的是一群保鏢，統一的黑色西裝，戴著耳機，訓練有素的樣子。

最後走進來的是增滿正昭，他個子不高，比穿著高跟鞋的封趣還要矮一些，不過氣場倒是很強，那雙笑咪咪的眼睛讓人有些不寒而慄。

這間休息室是給旗艦店的員工換班休息的，本來就不大，眼下更是擁擠。

增滿正昭轉過身，笑著對一旁的一個保鏢說道：「你們還是去外面等著吧。」

對方默不作聲地點了點頭，衝著身後的其他人打了個手勢，那些人又迅速退了出去。

休息室裡頓時寬敞了不少，增滿正昭的目光落在封趣身上，他頗為親和地跟她打了聲招呼：

「封趣也在啊。」

「社長好。」封趣只是對他禮貌性地笑了笑，日本人動不動就鞠躬那套她實在是學不會。

「嗯。」他點了點頭，拍了拍她的肩，誇讚道，「開幕活動辦得滿好的，辛苦了。」

「應該的。」

他看了眼手錶：「妳也忙了一天，沒事就趕緊回去吧，給妳放兩天假，好好休息一下。」

這明顯是想支開她，當然她也樂得配合，只說了聲「好」便轉身走出了休息室。

增滿正昭目送她離開後，舉步走到沙發邊坐了下來，笑著瞥了一眼臉色不怎麼好的蕭湛：「跟封趣吵架了？」

「沒有。」蕭湛回得言簡意賅，顯然是不想多說。

但增滿正昭並沒有想放過他的意思：「我倒是聽說那丫頭好像談戀愛了？心裡不舒服了是嗎？」

「你年紀這麼大了，不該管的事少管。」

一旁的祕書不悅地皺了皺眉頭。

蕭湛的這種說話方式，無論看了多少次他還是不太能接受，在他們那裡，是絕不會有晚輩敢這樣跟長輩說話的。

「行行行，那我管點我該管的……」相比之下，增滿正昭倒是習慣了，不以為意地繼續道，「停產的新聞是那丫頭傳出去的嗎？」

「從目前的局面看來，她或許只是暴露了導火線，燒成這樣估計也是她意料之外的事。」這是在跟中林那邊通完電話後，蕭湛忽然想通的事。

「哦？」增滿正昭眉梢一挑，「怎麼說？」

「以她和正源那邊的關係，正源就算出於種種原因不願意繼續租生產線，也不至於直接把這件事爆給媒體。三端對她來說太重要了，她絕不可能大張旗鼓地營造三端的負面新聞，也不會允許正源這麼做。他們只可能暗中把這個消息散播給那些有意收購三端的公司，好讓他們打消念頭。」他調整了一下坐姿，好整以暇地靠在沙發背上，交疊起雙腿，說出了結論，「只是可惜，螳螂捕蟬，黃雀在後。如果我是收購方，想要完成一場槓桿收購，那在得到這個消息之後非但不會離場，反而會加以利用、清除對手。」

「你倒是滿了解封趣的。」

蕭湛懶懶地動了一下眉頭：「這不就是你把這個出售案交給我的原因嗎？」

「那你覺得這次的傳聞是誰的手筆？」

「中林。」答案已經很明顯了，蕭湛想也不想地回道。

增滿正昭點了點頭：「看來中林是唯一還願意繼續談判的？」

蕭湛漫不經心地「嗯」了聲。

「想不到封趣那丫頭也有被別人利用的這一天啊！」增滿正昭意味深長地感嘆了一句。

「我倒覺得不意外，她那麼護著三端，難免會亂了陣腳，更何況……」蕭湛話鋒忽然一轉，

「中林對三端志在必得，但顯然又不願意溢價收購，就算沒有封趣，他們也會有其他辦法消滅對

手。我剛才聽鼎城的劉總說他們有個ＩＰＯ專案遇上了點麻煩，資金鏈怕會周轉不過來，這聽起來不像是藉口，但我也不相信會有這麼巧的事，這很有可能是中林在背後搞鬼。總之，中林一開始就沒想給我們選擇的餘地，而我們對國內金融市場的了解又遠不及他們，如今這個局面是無法避免的。」

「你不用這麼急著維護封趣，我本來就沒打算要責問她。」增滿正昭好笑地瞟了蕭湛一眼，繼續道，「我只是覺得，這件事怕是沒那麼簡單，這丫頭可不像是會被人玩弄於股掌之間的。」

蕭湛覺得他有點想太多了，不以為意地哼道：「她不是一直在我的掌控之中嗎？」

「憑你也想掌控她？」增滿正昭很不客氣地笑了一聲，「不知天高地厚。」

增滿正昭至今還記得第一次見到封趣的時候。當時他剛拿下三端，儘管他高薪挽留，但三端大部分的老員工仍選擇了辭職，封趣是少數願意留下並一直留到現在的。

當然了，他從未想過要留封趣這麼久。在當時的他看來，封趣就是一條背主的走狗，今天會為了他背叛薛家，以後也一定會為了其他人背叛他，這種人留不得。

他本打算等掌握了三端的技術和銷售管道便把她踢出局，可讓增滿正昭萬萬沒想到的是，她花了近兩年的時間將他想要的資源牢牢握在自己手心裡，讓他必須留著她，甚至還得答應她保留三端這個品牌。直到封趣坐在他面前，笑容可掬地跟他談起了條件，他才意識到，她從來不是走狗，而是一條狼，為了等待最佳狩獵時機，可以悄無聲息地蟄伏很久，久到所有人都忽略了她的存在，一旦她開始撲咬，那便是志在必得，連反抗的餘地都不會留給對手。

蕭湛還未曾體會過被封趣當成獵物的感受，無法理解增滿正昭那種如芒在背的感覺。或者說，蕭湛一直以為封趣才是他的獵物，畢竟被她喜歡了那麼多年，而且他始終占據著主導地位，這讓他有了優越感。

以至於他對增滿正昭的警告很不屑，自信滿滿地揚起眉梢道：「給我戴上你那副老花眼鏡好好看著，我會讓她從今往後的人生中就只有我。」

增滿正昭什麼都沒說，只是默默地笑著，那笑容就像是在看一隻初生之犢。

◇

No.9是一家位於江畔的夜店，因為地理位置優越，幾乎夜夜爆滿，尤其是露臺的景觀位置，是頗為著名的網紅打卡勝地。

這家夜店不提供預約訂位，於是，每天都有不少人傍晚四五點就跑來搶位置。

今天依然不例外，只是那些人都被擋在了露臺外。

聽說，今天露臺被包場了。

和內場的怨聲載道比起來，偌大的露臺分外安靜。

封趣獨自蜷坐在原本應該供六七人使用的沙發座裡，面前的桌上只擺放著一杯氣泡水，讓不少人趨之若鶩的夜景並沒有吸引她的目光，她始終聚精會神地看著手機。

她總算看到那篇在網路上沸騰一整天的行銷文了，跟隨著那些文字，回顧了一遍三端的沉浮史。

「吵什麼吵？吵什麼吵？就是老子包場的，怎麼了？我就搞不懂了，裡頭的椅子有釘子還是怎麼的？不能坐嗎？非得跑露臺上來？再說了，今天來不了，你們就不能明天來？怎麼，生命要終結啦？說到底，不就是幾棟高樓大廈和一堆ＬＥＤ燈嘛，有什麼好看的？還有你……別拍了！隔著玻璃還能那麼賣力地擺造型，你就不嫌累嗎？」

一陣叫罵聲傳來，吸引了封趣的注意力。

她抬眸看了過去，失笑出聲。

都說正源的少東家罵天罵地罵空氣，沒想到瘋起來連自己的客人都罵。

這家夜店是印好雨開的，但他自己很少來。

雖然他看起來像個夜夜笙歌的富二代，事實卻是——他喜歡喝茶，喜歡有中國傳統特色的建築，喜歡看書，閒來無事會待在家裡畫畫、練字、製筆、下圍棋……

這些愛好說出來怕是沒人會相信，看起來跟他實在不太相稱。

而他之所以活得像個雙重人格患者，薛齊功不可沒。

薛齊和印好雨出身相仿，又剛好同齡，再加上兩家父母表面交好，暗中卻爭鬥不休，他們自然免不了要被拿來進行各種比較。

但這種比較是大人之間的事，身為當事人的他們卻從未放在心上，甚至關係還很好。直到他們十歲那年，那年的蒙恬會是由三端和正源聯手舉辦的，薛家覺得應該由薛齊帶領那些小筆工祭拜筆祖蒙恬，印家當然覺得應該由印好雨帶領，而其他筆莊則是兩頭都不敢得罪。後來不知道是哪個看熱鬧不嫌事大的人，提出讓他們比拚技藝。

結果是薛齊贏了。

印好雨其實對輸贏並不在意，但他爸在意啊！

從那之後，印爸爸對印好雨的要求就越來越高，並且開始朝著極端的方向發展，總而言之就是——他的衣食住行全都跟著薛齊來，當然也包括一些興趣愛好。明明他想學鋼琴，卻被逼著跟薛齊一樣去踢足球；明明他喜歡畫畫，卻必須得跟薛齊一起去學機器人製作；明明他喜歡文科，卻被迫跟薛齊一樣選了理科……可這些都不是他擅長的，反倒讓他處處都被薛齊壓著，成了萬年老二以及別人口中的「小薛齊」。

就是在他們高二文理分班的那一年，三端筆莊推出了化妝刷，生意越做越好。迫於形勢，印爸爸不得不和薛商南，也就是薛齊的爸爸，合作成立了三端製筆有限公司。雖說是合作，但印爸只不過是用正源的供銷管道換取了製筆廠8%的股份，這使得印好雨在薛齊面前越發沒了地位。

再後來，公司的訂單越來越多，但製筆畢竟是手工活，產量有限，要擴大產能就需要養更多的筆工，資金方面是個很大的問題，於是薛商南引進了投資。

那是一家國外的投資公司，當時對方買下了製筆廠百分之四十九的股份，本來是打算等到製筆廠上市後分紅的，可惜等了兩年多，都沒等到製筆廠上市，他們沒了耐心，轉手將股份賣給了增滿堂。

這一年，印好雨被迫選擇了絲毫不感興趣的金融系，當然也是因為薛齊。

剛讀大一他就幾近崩潰，甚至被診斷出了憂鬱症。當時國內的心理醫生並不多，增滿正昭如同救世主般出現在印爸爸面前。他安排他們去了日本，替他們聯絡了最好的心理醫生，印好雨逐漸康復，印爸爸自此將增滿正昭視作救命恩人。

當這個恩人提出想要購買他手中的股份時，印爸爸毫不猶豫就答應了。他根本不懂金融遊戲，也不明白賣掉這些股份意味著什麼，只知道增滿正昭說過會讓湖筆技藝走向世界。

自此，增滿堂所持有的三端股份超過了薛家，擁有了發話權，而三端也逐漸淪為增滿堂的副品牌，市場份額不斷被擠壓，已接近資不抵債的邊緣。最終，增滿堂以負債並購的方式獲得了薛商南手中的三端股份。

也就是說，三端易主了，但薛家一分錢都沒拿到，增滿堂只是替三端償還了債務，而這還不包括薛商南用個人名義向銀行借貸所產生的債務。

印好雨復學時，薛家已經消失了，沒有人知道他們究竟去了哪裡。

表面看來，最開心的莫過於印好雨了，在那之後他爸對他分外縱容，這也導致他逐漸走向了另一個極端。為了擺脫薛齊的影子，他硬逼著自己成為和薛齊截然相反的人，哪怕性格中和薛齊相似的部分他也一概摒棄，但出人意料的是——他並沒有放棄金融專業。

他很清楚，三端之所以會落入增滿正昭手中，最大的問題出在他爸身上。

封趣想，他應該是覺得愧對薛家的。這些年來，他的立場始終和她是一致的——希望能夠保住三端這個品牌。

她一直在等薛齊回來，她相信印好雨也一樣。

當然了，關於這一點他是絕不會承認的，他說：「留著三端是為了時刻提醒自己，當年我們的父輩被國外那群吃人不吐骨頭的資本家玩得有多慘！吾輩當自強！這個仇，老子總有一天得替他們報！」

可是，他每次喝醉又都會感嘆：「妳知道我現在的製筆技藝有多厲害嗎？我作夢都想再跟薛齊比一場，他現在絕對贏不了我，絕對贏不了……」

綜上所述，要說有誰能夠不計代價地跟封趣統一陣線，那就只有印好雨了。

而他，確實也沒有辜負她的期待……

昨天的婚禮上，封趣打了通電話給印好雨，只憑一句「薛齊回來了」，印好雨就爽快答應陪她演了一齣戲。

正源拒絕續約，收回租借給三端的生產線，這的確是他們事先就溝通好的，把三端逼到面臨停產的境地，或許就能讓中林的那些競爭對手萌生退意。

她原本只想要暗中將這個消息散布給那幾家公司，這件事必須得由薛齊來做，因為順藤摸瓜很容易就能查到訊息源頭……如果源頭是她，那只有中林願意繼續收購就會顯得很蹊蹺，以增滿正昭多疑的個性，搞不好會派人去查施易，都不用查得太深，僅僅是看到他所就讀的高中，或許就能猜到個大概了。但如果訊息源頭是中林，那不過就是清除對手的手段，雖然很讓人不舒服，可在別無選擇的情況下，增滿正昭想必還是會把談判繼續下去。

所以婚禮時封趣故意讓薛齊送她回家，目的是讓他聽到印好雨的那通電話。

嗯，僅僅是聽到而已，為此她還特意打開了擴音，她沒想到薛齊會接。

當然了，她也沒有醉得不省人事，要不然也沒辦法趁著他去遛狗的時候，通知印好雨打電話來。婚禮上她喝的酒是摻了葡萄汁的，為此她還買通了飯店的服務生，本想完全用葡萄汁來替代的，但顏色實在相差太多了，就只能真假摻半了。

照她昨晚那種玩命似的喝法，嚴格算起來，大概也喝了兩瓶紅酒。

對她來說這個量已經到極限了，差不多有七八分醉意，她完全是憑著意志做完了那些事，在薛齊掛斷印好雨的電話時，徹底放鬆下來的封趣就失去了意識。

她不清楚薛齊是什麼時候走的，但從今天早上我聞的那篇報導造成的轟動效應來看，他應該很早就離開了。

那篇報導寫起來並不難，尤其吳瀾還是專業人士，但要在發布後立刻引發關注和轉發，他們怕是忙了一整晚吧？

她沒想到吳瀾和施易為了薛齊，連新婚夜都願意犧牲，更沒想到薛齊會玩這一手。好在原本她就計畫好要當著蕭湛的面打電話給印好雨，總得再爭取一下才像她的性格。

不得不說，今天早上印好雨的演技還是相當不錯的，只可惜蕭湛沒那麼好糊弄。

砰！

封趣被一聲悶響拉了回來。

這聲音是印好雨製造的，他將手裡的保溫杯重重地放在桌上，轉身入座，很不見外地從封趣手中抽走了她的手機，津津有味地滑起來。

看到激動處，他還聲情並茂地讀出聲來。

封趣嘴角微微顫了一下，無奈地道：「小學教國文的張老師沒有教過你默讀嗎？」

他沒說話，只是沒好氣地瞪了她一眼，目光很快又回到了手機上，安靜了片刻，大概是在試著默讀，但很快他就放棄了，猛地放下手機，側過身一本正經地跟封趣探討起來：「妳默讀的時候，腦子裡出現的聲音是誰的？」

被他這麼一說，她竟然還有點細思極恐，她腦子裡出現的那道聲音到底是誰？

「聽不懂嗎？」他也覺得自己這個問題有點深奧，於是難得耐心地為封趣解釋起來，「打個比方啊，就假設我們現在是在演電視劇，這種時候肯定得有個旁白來讀這篇東西吧？妳覺得這個旁白應該是誰的聲音？」

「這……確實是個好問題，但是現在不是討論這個的好時機吧？」

「不不不，我發現了一個很嚴重的問題。」他深吸了一口氣，道，「我聽到的聲音——是薛齊的！」

「你對他是真愛啊！」封趣情不自禁地感嘆。

「真愛個屁！」他憤憤地咬了咬牙，「就是因為不想聽到他的聲音我才讀出來的！」

「你也不用這麼抗拒，喜歡薛齊也不是什麼丟臉的事……」

「我喜歡女人！胸大腰細腿長屁股翹的女人！」

「別激動……口誤、口誤……」封趣收起玩心，決定不逗他了，「我的意思是，這玩意兒畢竟是薛齊的手筆，所以你會為它賦予薛齊的聲音也實屬正常。」

「有道理。」印好雨覺得舒服多了，「說起來，薛齊夠狠啊，居然直接往媒體爆。」

「沒時間了吧。」封趣確實也沒料到他會玩這一手，但仔細想想，這也的確是最簡單有效的辦法，「中林總不可能直接找上門去跟那些競爭對手說這件事，只有通過別人的嘴，他們才有可能相信。但這麼一來，就需要一個漫長的流言發酵過程，可是旗艦店開業後，那幾家公司肯定就會有動作了，等他們聽說三端面臨停產的消息時，說不定連收購合約都已經簽好了。」

「可是這麼一來也太冒險了，差點就把妳暴露出來了。」他沒說薛齊這麼做是錯的，但也不敢苟同。

「已經暴露了。」

「什麼意思？」印好雨驀地擰起眉心，「蕭湛還是懷疑妳了？」

「嗯。」她點了點頭，沒有太當成一回事，反而還鬆了一口氣，「不過他還是聯繫了中林，準備重啟談判，所以他應該以為我只是想破壞出售案。這樣也滿好的，以增滿正昭多疑的個性，我如果不幹點什麼，他反而會覺得不正常吧？總之，只要薛齊沒有暴露就好了。」

「妹子啊……」印好雨側過身，看著她感嘆道，「妳這是被人賣了還在幫人數錢啊！」

封趣不以為意地笑了笑：「我要是不想，誰賣得了我？」

「說得也是。」印好雨由衷地表示贊同，這句話由封趣說出口特別有說服力，畢竟是六歲就能從人口販子手中逃脫的女人，他早就覺得那個人口販子應該慶幸沒有在她十六歲時下手，不然的話，誰賣誰還不一定呢。正因為如此，他就更加搞不懂了：「那妳倒是和我解釋解釋，妳和薛齊一個願打一個願挨，搞那麼複雜幹嘛？為什麼不直接跟他把話說開了？」

「我本來也想找他好好談談，可是昨晚我發現……」說到這裡，她有些落寞地彎了彎嘴角，「他根本就不相信我，就算我直接把模型給他，他大概也會以為那些資料都是假的。」

印好雨沒辦法反駁，只好順勢岔開話題：「說起來，他今天中午來找我拿模型了。」

「你給他了？」

「嗯。」印好雨不情不願地點了點頭。

封趣微微蹙了一下眉心：「你就這麼輕易給他了？他沒覺得奇怪嗎？」

「輕易？」印好雨好笑地問，「妳是不是對他有什麼誤解？」

「嗯？」她滿臉不解地眨著眼。

「我就這樣跟妳說吧……」他深吸了一口氣，「人家是『聽君一席話，勝讀十年書』，我這是『聽君一席話，死後無全屍』啊！」

「他到底跟你說了什麼？」

「他說，如果這次他不能順利拿回三端，那他就吞了正源再造一個三端！」

這句話讓封趣很不舒服，酸酸地哼道：「他倒是對你滿坦白的，連收購三端的事都承認了。」

「幹嘛？」印好雨衝著她揚了揚眉，「嫉妒嗎？」

封趣丟了個白眼給他，懶得搭理，繼續剛才的話題：「這種威脅就讓你死無全屍了？」

「單純一句威脅當然不至於……」說到痛處，印好雨忍不住咬了咬牙，「這傢伙推演了一遍吞下正源的過程，具體到我怎麼防守他怎麼進攻，簡直驚心動魄、盪氣迴腸！最可怕的是，他所提到的那些操作確實是可行的，而他預想中我可能會做出的那些反擊，我根本就沒想到！」

「哎喲，好慘，智商被碾壓啊！」

「何止是碾壓！那一刻，我回想起了曾經被他支配的恐懼！」

封趣竟然有點同情他了。

「不，不對……是更恐懼了，他這些年到底發生了什麼啊？以前最多是條小狼狗，現在簡直就是一頭狼啊！吃人不吐骨頭的狼啊！他都不用實操，口頭模擬就讓我覺得我死定了！死無全屍啊！」

「冷靜點，冷靜點……」封趣拍了拍他的背，拿起他先前放在桌上的保溫杯，「來，喝口茶壓壓驚。」

她把保溫杯遞給他前，忍不住看了一眼。

自從它出現在她的視野中，她就一直很好奇裡頭裝的到底是什麼——居然是枸杞紅棗茶，底部還沉澱著一些她分辨不出來的東西……

他帶著枸杞紅棗茶來夜店？真養生啊！

印好雨接過杯子，抿了幾口，突然道：「其實，還滿懷念的。」

「懷念什麼？」

「被薛齊碾壓的日子。」

「你是有受虐傾向嗎！」

「妳不懂。」他緊緊捧著那個保溫杯，轉過身，眺望著露臺外的夜景，輕嘆道，「好想跟薛齊再比一場啊……」

在過去的那些年裡，這樣的話他說過無數遍，但在封趣的印象中，這是他第一次笑著說出這句話。

怎麼說呢……他要是可以放下那個保溫杯的話，這畫面還滿讓人感慨的，但他現在這樣，簡直就跟以前高中的警衛大叔回憶往昔崢嶸歲月時一模一樣。

◇

誠如蕭湛所料，中林那邊所謂的需要再考慮一下，只不過是想趁火打劫。談判很快就重啟，這次他們給出的價格比之前低了很多。

增滿正昭被迫親自出面，封趣並不清楚他們是怎麼談的，也不知道印好雨做的那些模型對薛齊究竟有沒有幫助。經過上次那件事，蕭湛便再也沒有在她面前提過出售案的事了，至於薛齊，他又消失在她的世界裡了。

半個多月後，增滿堂和中林簽訂了意願書。

這件事，封趣是從增滿正昭口中得知的。

簽完意願書後他特意去了趟公司，說是知道三端對她而言很重要，所以希望正式簽約那一天她也能在場。

就這樣，封趣茫然地站在飯店的會議室裡，怔怔地看著增滿正昭和施易親切握手，供媒體拍照。

她不知道增滿正昭把她叫來的目的是什麼，就為了讓她親眼看到三端被賣掉嗎？倒也不是沒可能，這糟老頭子確實滿小心眼的，當年因為她的威脅，不得不咬牙打破戰略計畫，心不甘情不願地留了三端七年。七年後，他又被迫以遠低於市場的價格將其賣掉，他想必沒那麼容易咽下這口氣。

直到簽約結束後，封趣才意識到，她還是低估了增滿正昭的城府。

他是很小心眼沒錯，但他終究是做大事的人，讓他耿耿於懷的並不是她當初的威脅，而是這一次的賤賣。

「丫頭啊……」離開飯店時，他噙著笑意，閒聊般問道，「妳就一點也不好奇這次的成交價是多少嗎？」

「這種事我也不懂，就算知道了也沒什麼用。」封趣刻意讓自己的語氣聽起來有些賭氣但又極力維持著禮貌。

「還是應該知道的，畢竟妳為三端耗費了那麼多心血。」

「嗯……」她總覺得增滿正昭話中有話。

「說了具體數字，妳恐怕也沒概念，就這麼說吧，」增滿正昭跨出電梯，耐心地為她解釋，「正常收購的話，通常得溢價至少百分之二十到四十，也有一些不計成本的收購可能會溢價百分之六十到七十，但是中林最終的成交價只溢出了百分之十。」

「您的意思是……」封趣目不轉睛地看著他，直言不諱，「您就算賤賣，也不想留著三端是嗎？」

「我是個商人，商人就沒有不愛錢的，我當然還是希望它賣得越貴越好，更何況這次出售並不是針對三端，其他副品牌也在談。公司是想聚攏資金專心、擴張增滿堂，我又豈有賤賣三端的道理？我這是被妳逼得別無選擇啊。」

封趣微笑著道：「社長，您真會說笑，我哪有那麼大的能耐。」

增滿正昭轉頭看了她一會兒，跟著笑了起來：「妳啊妳，果然記性不太好。」

「嗯？」封趣微微揚了一下眉梢。

「前陣子自己做的事都記不清楚了，更何況是高中時的事。」

聽聞「高中」二字時，她臉色不由得一僵。

「難怪剛才看到妳的高中同學都沒反應，原來是不記得了啊。」他走出電梯，半開玩笑地道，「我還以為妳是故意演給我看呢。」

「您這是在試探我嗎？」原來這才是他把她帶來的目的，看來是早就查到她和施易是高中同學了。

按理說老同學見面，不管曾經關係怎樣，都免不了會激動一下，可是剛才封趣看到施易時像是見到陌生人一樣，這不正常。

「是啊。」向來喜歡拐彎抹角的增滿正昭突然打起了直球，「中林在最後一輪談判時甩出了他們做的估價模型，裡頭所涉及的資料比蕭湛整理出來的更加真實可靠。先不說目前的情況下我們沒有其他買家可以選擇，即使有，中林那邊如果共用資料，我怕是在哪裡都討不了好處，甚至價格可能會更低，如今這百分之十的溢價反倒像是他們的恩惠了。」

「您懷疑是我把數據給中林的？」封趣顯得很平靜，會被增滿正昭察覺她並不覺得意外，一個在商場上縱橫了那麼多年的人，自然不是那麼好糊弄的。

「我實在是想不通啊，按理說妳應該一心只想破壞這次的收購才對，為什麼會幫中林呢？」他在飯店門口停下腳步，轉過身直勾勾地看著封趣，「直到我發現妳和施易是高中同學。」

「就因為我們是高中同學嗎？」封趣笑了笑，「社長，這恐怕不足以作為證據來給我定罪吧？」

就在她話音落下的同時，她的高中同學出現了。

確切地說，是她的兩位高中同學一起出現了。

一輛寶藍色的Panamera突然停在他們身邊，副駕駛座上的施易按下車窗，探出頭，笑意盈盈地衝著增滿正昭招呼道：「哎呀，是增滿社長啊。」

面對他的熱情招呼，增滿正昭只是禮貌性地對著他點了一下頭，顯然沒有想深入交談的意思，就連客套寒暄都不願意。

但施易就像是沒看懂他臉上的排斥，兀自打開車門走了下來：「您這是要回公司嗎？要不要我們捎您一程？」

「不必了。」增滿正昭勉強牽了牽嘴角。

幾乎同時，駕駛座上的薛齊也下了車。他關上車門，抬眸瞥了一眼封趣，視線很快就挪到了增滿正昭身上，毫不避諱地打量著他。

這道目光讓增滿正昭覺得很不適，又隱約有些熟悉，像是在哪裡見過。

他正皺眉回憶著，薛齊忽然啟唇：「好久不見。」

增滿正昭怔了一下。

「這位是我同事，嚴格來說，他才是這次主導整個收購案的負責人，我只是被推到檯面上的傀儡而已。」施易半開玩笑地介紹起來，倏地話鋒一轉，「說起來，社長您以前應該見過他。」

「哦？」增滿正昭揚了一下眉梢，的確是見過的，他很確定，只是想不起來在哪裡見過。

薛齊舉步走到他面前，道：「上次見面的時候，您是收購方。」

這句話讓增滿正昭臉色一白，依稀猜到了他的身分。

薛齊臉上掛著客套的社交笑容，朝他伸出手，自報家門：「薛齊。」

增滿正昭顯然沒有跟他握手的心情，他猛地轉頭瞪著身旁的封趣，先前那些他想不通的事瞬間都有了答案。

「社長，怎麼了？」蕭湛的聲音忽然傳來。

他剛把車從停車場開出來，遠遠就看見了這一幕，隔著一段距離都能感覺到對峙的氣氛。

這的確是一場不算愉快的合作，雙方見面當然也不可能其樂融融，但他鮮少見到增滿正昭臉色大變、情緒外露，不免有些好奇，於是便下車走了過來。

增滿正昭沒說話，依舊死死地瞪著封趣。

封趣則不發一言地看著薛齊，表情很平靜，看不出任何情緒。

「喔，沒什麼，就是突然發現自己被養了很多年的狗咬了吧。」施易打破了沉默，用一種幸災樂禍的語氣道。

蕭湛猜到了大概，驀地擰起眉心，轉頭質問封趣：「妳做了什麼？」

封趣張了張嘴，但施易似乎怕她辯解，急著說道：「你該不會到現在都沒意識到她做了什麼吧？」他嗤笑了聲，「你以為我們手上那些關於三端的資料是哪裡來的？」

封趣預料到了各種後果，但唯獨沒有預料到薛齊會當眾出賣她。雖然這句話是施易說的，但就像這次的收購案一樣，他不過是在代表薛齊發言。

她忽然想通了很多事，他根本就不打算從她身上得到什麼，也從未指望過她會幫他，接近她為的只是這一刻。

拿回三端，同時毀了曾經背叛過他的人，對他來說，這才是真正的大仇得報，而她在薛齊看來不過是罪有應得。

「謝了。」薛齊看著她，眼裡沒有絲毫溫度，語氣裡也沒有絲毫感恩，就像是一個劊子手，嘴上說著「對不起」，但還是冷血地手起刀落，乾脆得很。

蕭湛瞇起眼眸，默默看著面前這兩個人轉身上了那輛 Panamera。

嗯，寶藍色的 Panamera，還有駕駛座上的那個男人。

他想起了回國那天收到的那張照片，想起了旗艦店開業那天封趣奇怪的言行。也沒什麼好意外的，他早該猜到了，先前也的確已經有了懷疑，只是最近跟中林過於密集的談判耗費了他太多心神，以至於他根本沒空去細想這些。

就算他想到了又如何呢？如增滿正昭所言，他果然不是她的對手，他顧慮太多，不像她，為了薛齊可以犧牲一切，包括他，也包括她自己。

她賭上了全部跟他一戰，他要怎樣才能贏？

◇

整個增滿堂都知道，社長這次的合約簽得心不甘情不願。他心裡是委屈的，但表面上總是笑著的。

誰也沒想到他回公司時會頂著一張陰沉的臉，別說是笑容了，那表情總讓人覺得他下一秒可能就會掏出武士刀切腹。

沒人敢說話，整個公司噤若寒蟬。

他只銜著緊隨其後的封趣丟了一句「到我辦公室來」，便不發一言，直直地朝著辦公室走去。

「怎麼了？」感覺到了氣氛的異樣，童佳芸有些擔心地用唇型無聲地詢問封趣。

封趣寬慰地朝她笑了笑，一臉坦然地跟著增滿正昭進入了他的辦公室。

見狀，童佳芸只能轉身詢問蕭湛：「發生什麼事了？」

蕭湛瞥了她一眼，沒好氣地道：「問你們家封總。」

情況不妙啊，這看起來可不像是心情不好遷怒而已。

她跟幾個市場部的同事鬼鬼祟祟地晃到了社長辦公室門口，緊貼著門，試圖聽到裡頭的動靜。

正在一旁忙碌的社長祕書只抬眸看了他們一眼，並沒有阻止。

很快，童佳芸就意識到這位祕書大叔為什麼不阻止他們了……

隔音太好了！他們什麼都聽不見啊！

事實上，裡頭也確實沒什麼動靜。

增滿正昭默默地坐在會客沙發上，面無表情地看著站在他面前的封趣，就這麼看了許久，久到封趣的額頭甚至都開始冒汗了……

「坐吧。」他終於啟唇。

「不坐了。」封趣看著他道，「您想說什麼就直說吧。」

增滿正昭重拾笑容：「妳就沒什麼要跟我說的嗎？」

「沒什麼可說的。」她一副坦然承擔所有後果的模樣，「我一會兒就去收拾東西，辭職信會儘快補給您。」

「我說了要讓妳辭職嗎？」

「嗯？」封趣有些意外。

「辭職之後妳能去哪裡？薛齊剛才那一手是什麼意思，妳比我更清楚吧？薛家是不可能繼續收留妳的。」增滿正昭輕嘆一聲，道，「妳有妳的立場，畢竟薛家養了妳那麼多年，顧念舊情可以理解，三端也算是還給他們了。這件事妳功不可沒，欠薛家的妳都還清了吧？是時候替自己打算了，往後妳就踏踏實實地待在增滿堂吧。」

「如果今天買下三端的不是薛齊，您還會讓我留下來嗎？」封趣問。

「當然……」

「不，您不會。」封趣打斷了他的冠冕堂皇之詞，「當年要不是為了我手上那些國內的供銷管道，您早就把我踢出增滿堂了。這些年來，您先是把我調去日本，趁此機會逐漸把所有資源握在自己手中，然後又想方設法地讓我遠離增滿堂的核心，反正無論是中國還是日本，都有很多能做市場的人才，您隨隨便便就能找到一個人來取代我，甚至可能做得比我更好。您從一開始就計劃好了，要把我和三端一起處理掉，只可惜對方棋高一著，您沒想到薛家還沒死透。」

增滿正昭沉默了片刻，笑問：「那妳覺得我現在把妳留下來是為了什麼？」

「為了讓我對付薛齊。」

「傻丫頭，妳別太高估自己啊！」他一臉慈笑，看起來就像個普通的長輩，「就在剛才，我親眼看著妳被薛齊反咬，說得難聽點，妳覺得我會讓他的手下敗將去對付他嗎？」

「不，您很清楚，我了解薛齊，更了解三端，要不是顧念舊情，我未必會輸給他。」她垂了垂眼簾，有些自嘲地笑了笑，「更何況您應該也看明白了，薛齊不希望我留在增滿堂，而您不想讓他如願。對您來說，我是不是有實用價值並沒有那麼重要，留在身邊時不時氣一下對手，順便玩玩心理戰也是好的。」

增滿正昭褪下了面具，索性開門見山道：「那妳要不要留下來呢？」

「如果我拒絕呢？」封趣問。

「想清楚再回答，侵犯商業祕密可大可小。」

「我拒絕。」封趣毫不猶豫地回道。

增滿正昭並沒有繼續浪費唇舌勸說她，而是拿起面前的座機話筒，撥通了內線，直勾勾地看著封趣，對著電話那頭的祕書道：「幫我報警，我懷疑封趣涉嫌侵犯商業祕密。」

在等待警察到來的過程中，封趣被強制隔離在會議室裡，手機也被沒收了。

蕭湛推門而入時，她正站在會議室後面的展示架前，怔怔地看著架子上的那套小紅刷。那是他親手製作的第一款小紅刷，是在她的陪伴下完成的。

他不知道她看著那套化妝刷的時候在想什麼，也許什麼都沒想，僅僅是無聊隨便看看，他卻想起了很多事。

想起了那段志得意滿，卻也最悵然若失的日子。那時候的他大學剛畢業，憑藉著一系列製作漆器的影片在網路上收穫了不少粉絲。他從來沒有靜下心來想過那些人喜歡的究竟是他的技藝，還是他這張臉，對他來說這並沒有什麼區別，不過都是他用來謀利的工具。他也未曾想過這些名利能陪伴他多久，只是想站在夠顯眼的位置上，讓那個人看著他一點一點地，把漆器這門藝術染上銅臭味。

毀掉對方視若珍寶的東西，是他所能想到的最好的報復方式。

封趣就是在這種情況下出現在他的世界裡，他們的開始平淡到他都記不清具體情形了。

按照她的說法，他們第一次見面是她來報名那天，店裡的老師帶著她四處參觀，用一臉「我懂妳」的表情特意把她帶到了他的工作間外。當時他正在一枝筆管的漆地上描金，盤著腿，嘴裡咬著一根棒棒糖，看起來很散漫，神情卻很專注，直到被她的目光打擾，他抬頭瞪了她一眼……沒錯，是瞪，極其不禮貌的瞪視。店裡的老師都覺得有些尷尬，一直跟她解釋著「他平常不會這樣，今天估計是心情不好」，她卻被那一瞪勾了魂，毅然決然地付了學費。

那個時候經常會有看了他的影片後，跑來他的工作室報名上課的女孩，封趣只不過是其中之一。而他對封趣最初的印象，是那個雷雨交加的午後。

那天，那個人忽然跑來他的工作室，要求他停止荒唐的行為，立刻回國。

他一直在等著這一天——他爸求著他回去的這一天，終於等到了，卻和他想像中的完全不一樣。

他沒有在他爸臉上看到絲毫懇求的表情，有的只是命令，彷彿他生來就該聽命於這個男人般。被拒絕後，他爸並沒有如他所願地惱羞成怒，只是默默起身，走到了他剛製作完成的那一方漆沙硯前，打量了片刻。

「你確實很有做漆器的天分，可惜你只會模仿，而你模仿的對象偏偏是我，你的每一件作品上都有我的影子。」說著，他伸出指尖，不屑地敲了敲那方硯臺，「用這些東西來報復我，你覺得我會當成一回事嗎？我只會覺得，果然啊，你身體裡流著我的血。」

在他離開後，蕭湛像瘋了一般砸碎了工作間裡所有的漆器，完成的、未完成的，最終都成了滿地的狼藉。手在淌血，可他絲毫感受不到疼痛，只是呆呆地看著地上的血滴，是跟那個男人一脈相承的血。

懷疑人生——這個聽起來滿是自嘲意味的詞，那一刻他卻真真正正體會到了。

那種感覺很心酸，很難受，卻也很無奈。

他突然發現自己一直以來所做的一切都毫無意義，他最恨的東西偏偏融進了他的血液裡，無論如何都擺脫不了，除非……

「老師……」一個怯生生的聲音忽然從門外傳來，打斷了他的思緒。

他怔了一下，有些恍惚地抬眸朝門邊看了過去。

那道身影背著光，映入他眼簾的只有一抹婀娜輪廓。

「我有個問題想請教你。」她的話音再次傳來。

「問吧……」他這才發現自己的嗓音啞得可怕。

「要裱多少層夏布、批多少次灰才能脫胎？」

「隨便，憑感覺。」他回答得很敷衍，在那種情況下，他實在沒有心情去扮演一個好老師，甚至不想聽到任何跟漆器有關的話題。

可門外的女孩就像是完全沒有察覺到他的不耐，並未識相地離開，依舊一動不動地站著，自言自語般說著：「需要反覆很多遍吧，是個很漫長的過程呢。」

他愛理不理地「嗯」了聲，兀自彎腰收拾起地上的那些碎片。

「說起來，雖然胎骨是稻草和石膏孕育而成的，卻遠比它們漂亮……」她的聲音越來越近，最後停在了他面前，她輕聲道，「就好像，青出於藍而勝於藍。」

蕭湛驀然一震，直起身，不發一言地看著她。

他不知道她在門外站了多久，但從這番言論看來，她顯然聽到了他和他爸的對話。

她也沒有想隱瞞這點的意思，垂下眼簾，視線停留在他那雙滿是血跡的手上：「好好愛護這雙手，你還得用它塑造出最好的胎骨，好到足以讓所有人只記得它的流光溢彩，到了那個時候，誰還會在乎它的出身。那不過是錦上添花的東西，可有可無，就連你自己都懶得去在意。」

沉默了片刻後，他抬起手，指了指角落裡的櫃子：「那裡面有醫藥箱。」

聞言，她猝然抬起頭看著他，一抹格外明媚的笑容在她嘴角綻放。

窗外的雨不知道什麼時候停了，烏雲散去，陽光照進了他的世界。

嗯，直到今天之前，他都以為封趣是他的陽光，打破了陰霾，給了他勃勃生機。可結果她只是一道閃電，驟然劃破天空，短暫的明亮過後，賜給他的是更加猛烈的狂風暴雨。

蕭湛將自己從回憶中抽離，深吸了一口氣，跨進會議室。

關門聲吸引了封趣的注意，她轉頭朝他看來，眼中閃過片刻的心虛，僅僅是片刻，很快就被防備取代：「你是來替增滿正昭當說客的嗎？」

他不置可否地聳了聳肩：「妳要這麼想也可以，畢竟就這件事來說，我和他確實利益一致。」

「那別浪費唇舌了，我不會留下來的……」

還沒等她說完，蕭湛就有些激動地打斷了她：「妳到底知不知道自己現在的處境？」

「我知道啊，侵犯商業祕密嘛，增滿正昭一定會以之前談判時中林提到的價格，和最終成交價之間的差價來定義增滿堂的損失，那我就屬於『造成特別嚴重後果』了，得判個三年以上七年以下的有期徒刑並處罰金吧？」她習慣了在做每件事之前都先考慮清楚後果，這次當然也不例外。

這可能會涉嫌侵犯商業祕密，她當然知道。

增滿正昭一旦得知真正的收購方是薛齊，就會猜到是她在搞鬼，憋了那麼多年的氣必然會一股腦地傾瀉而出。他絕不可能放過她，這她也知道。

她唯一沒有想到的是——薛齊會提供最直接的證據給增滿正昭。

看起來，她想全身而退是不可能了，擺在她面前的就只有一條路。

「所以妳不是無知者無畏，而是飛蛾撲火？」蕭湛的低吼聲再次傳來，打斷了她的思緒。

她緊抿著唇，無話可說。

最初的確是飛蛾撲火般義無反顧，可是現在她根本就沒有選擇。

「妳清醒一點好嗎？他根本就不領妳的情，甚至可以毫不猶豫地出賣妳！為了這種男人葬送自己，值得嗎？」他咬牙切齒地質問著。

「那是我的事。」她並不想解釋太多，畢竟造成如今這種局面的確是她咎由自取。

「是，這的確是妳的事，妳要作踐自己，我管不著，可妳為什麼要來招惹我？」蕭湛握緊雙拳，盡可能地將怒火化作指間的力道，唯有如此才能稍稍控制情緒，「口口聲聲說著喜歡我，可妳把那些資料給他的時候，有想過我嗎？妳明知道這個出售案是我負責的，出了任何問題我都脫不了關係！」

「增滿正昭很清楚這件事跟你無關，他也不可能遷怒你，何況你手裡還握著增滿堂的核心產品。」

「妳真的以為我在意的是能不能繼續留在增滿堂嗎？」他終於還是失控了，「我在意的是妳為了他，連我都騙！」

「對不起。」她微張著唇，有很多話想說，最終卻只說出了一句毫無意義的道歉。

他心口猛地一涼：「為什麼要跟我道歉？我明知道三端對妳有多重要，卻還是極力促成出售案，甚至不惜利用妳對我的感情，妳不可能看不懂，妳就不想知道原因嗎？為什麼還要跟我道歉？」

其實蕭湛很清楚，她不問是因為她根本不在乎——他頻繁更換女朋友卻偏偏對她視而不見，她不在乎；他像對待跟班一樣對她招之即來揮之即去，她也不在乎；他明擺著利用她的感情來達到目的，她還是不在乎。

或者說，她喜歡的就是這樣的他，像薛齊一樣的他。

儘管如此，他還是希望封趣能夠推翻他的猜測，他寧可她勃然大怒、絕望質問，可結果……

「你也有你的立場。」平靜的話從她唇間飄出。

立場？他哪裡來的什麼立場？這種可笑的理由連他自己都不好意思說出口，真虧她能替他想到！

會議室的門再次被推開，增滿正昭的祕書走了進來，瞥了眼站在門邊的蕭湛，視線很快就挪開，落在封趣身上：「警察來了。」

「嗯。」封趣點了點頭，舉步朝會議室外走去。

她走過蕭湛身邊時，他還是不願死心，猛地抓住她的手腕道：「能不能為了我留下來？」

她怔了一下，這近乎哀求的語氣讓她有些詫異。

沒錯，他的確是在求她，可即便已經做到了這種程度，她還是不為所動。當眉間的驚訝退去後，她垂下眼簾，撥開了他的手，輕聲道：「這件事跟童佳芸無關，你們別為難她，留著她吧，她是我親手教出來的，能幫你不少。」

這算什麼？他是不是還應該感謝她臨走前，不忘留個得力助手給他？可他要的是她啊！

# 第四章　公如青山，我如松柏

封趣被警察帶走了，身為助理的童佳芸自然也沒能倖免。

他們連童佳芸的電腦也一起搬走了，法務部的人把她帶去了會議室，軟硬兼施地聊了很久，無非是想從她口中套出些什麼。即便她反覆表示她什麼都不知道，他們還是不太相信，最終提出了要她暫時停職，等待警方那邊的調查結果。

在問訊過程中，她也算是大概了解情況了。

以童佳芸對封趣的了解，她極有可能為了幫薛齊鋌而走險，從增滿堂現在的態度來看絕對不可能放過她，搞不好她真的會坐牢。而唯一能幫她的只有蕭湛，他掌握著增滿堂的核心產品，是能在增滿正昭面前說句話。

可讓她沒想到的是，面對自己的求情，蕭湛表現得很冷漠：「社長給過她機會了，只要她願意留下來，一切既往不咎，是她堅持要走。」

「她為什麼堅持要走你不明白嗎？」

「不明白。」丟下這句話後，蕭湛轉身就走，顯然是不想繼續這個話題。

然而童佳芸仍然不死心，舉步追了上去：「連我都明白的事，你怎麼可能不明白？三端對她有多重要你是知道的，社長留下她，是想讓她對付三端的少東家，這不是逼她背信棄義嗎？退一萬步說，就算她真的能狠下心對少東家下手，你以為她還能全身而退嗎？社長那麼記仇，遲早會跟她算帳的！」

「那又如何？」蕭湛加快了腳步，「既然她做出了選擇，那總得付出點代價。」

「這何止是一點代價？你們是要毀了她的整個人生啊！」

蕭湛驀地停了下來，冷冷地看著她道：「她的人生是因為薛齊而毀的，要負責也該由薛齊來負責，跟我沒有任何關係。」

童佳芸覺得這句話不對，可她又不知道該怎麼反駁。

「對了，我勸妳還是主動離職吧。」他原本沒有打算為難童佳芸，但她的存在就像是在提醒著他封趣的背叛。

「憑什麼？」

「等到封趣的罪名落實，公司一樣不會放過妳，到時候只怕會鬧得很難看，妳應該也不想無端揹上『侵犯商業祕密』的罪名吧？這對妳以後的發展很不利。」

「那就等封總的調查結果出來再說吧！我不會主動離職的，你們休想省下資遣費！」撂下話後，童佳芸憤然轉身。

其實不用蕭湛說，她本來也不想繼續待下去了，封趣不在了、三端也不在了，她還留在這裡幹什麼？她以後在市場部的日子想必也絕不會好過，一朝天子一朝臣嘛，以後新來的市場部經理必然不會善待她的。

但是，她下個月還要還錢啊！就算再屈辱也得忍著，忍到她把債都還清了，就又是一條好漢了！

這個聽起來很勵志，實則非常沒出息的念頭很快就被童佳芸斬斷了，就在她剛跨出增滿堂的辦公大樓時，手機忽然響了起來，來電顯示是印好雨。

她立刻接通，等不及對方開口便急匆匆地道：「喂！印總！我們家封總出事了！剛才來了好多警察把她帶走了……」

『我是薛齊。』手機那頭傳來了一個清冷的嗓音，雖然打斷了她的話音，卻絲毫沒有讓她感覺到不禮貌。

當然了，也有可能是她太過震驚了，震驚得連話都說不出來了，根本來不及考慮其他的事情。

『封趣跟妳提過我嗎？』那個聲音再次傳來。

童佳芸漸漸回過神，連連點頭：「提過，提過……」

『嗯，那就好，我有些話想跟妳聊聊，方便見一面嗎？』

「方便，方便……」

『時間妳定吧，我隨時都可以。』

「就現在吧！」她迫切地想見薛齊，為了封趣，也為了她的好奇心。

見面地點約在正源隔壁那家商場一樓的咖啡店裡，薛齊應該就在正源，要她快到時打電話給他。手機號碼是透過印好雨傳給她的，童佳芸特意存了下來，以備不時之需。

她掛斷電話後，便立刻上了停在公司門外的計程車。

因為她不確定薛齊過來到底要多久，總覺得讓他等不太好，於是她先買好了咖啡，找好了位置，這才打了電話給他。

大約等了十分鐘，當薛齊推門而入時，直覺告訴她應該就是這個人了。

她從未見過薛齊，連照片都沒見過，只在封趣口中聽說過一些關於他的事，比如他長得很好看，是那種鶴立雞群的好看。

之前她一直覺得封趣濾鏡太厚，完全不明白「鶴立雞群的好看」到底是什麼意思，這一刻她彷彿有些明白了。無關長相，有些人彷彿生來就有著與眾不同的氣質，僅僅是站在那裡就會讓人忍不住想多看兩眼，當然了，他確實長得很不錯。

他站在門邊環顧了一圈，視線很快就定格在她身上。

童佳芸穿著紅色的毛呢大衣，也在電話裡跟薛齊提過，很好認，整家店幾乎只有她這一抹紅。

於是，他舉步朝她走了過去，最後停在桌邊，又不太確定地詢問了一下：「請問妳是童佳芸小姐嗎？」

她連忙站起身，有些緊張地道：「是、是我……」

「不用緊張。」他揚起嘴角，笑得很溫和，「坐吧。」

怎麼可能不緊張！對童佳芸來說，薛齊簡直就是活在故事裡的人，她從來沒想過有一天這個人會站在她面前，還對著她笑！雖然他笑起來還滿暖的，但她依然覺得他高不可攀。

於是，她直挺挺地站著，一副「敵不動我不動」的模樣。

見狀，薛齊只好率先入座，抬起頭，笑著對她道：「妳還是坐下來吧，我不太習慣仰著頭說話。」

「對不起，對不起……」童佳芸連忙入座。

「妳好像很怕我？」他開始好奇封趣到底是怎麼形容他的。

「也、也不是怕……就是不太敢相信……」童佳芸不太好意思地撓了撓頭，終於還是壓抑不住興奮，「少東家，你等等能跟我拍張照嗎？」

薛齊沒跟上這女孩的思路，一時不知該如何回答。

「我想帶回去給我爸媽看，他們肯定開心壞了。」

「妳爸媽？」

「嗯嗯！」童佳芸用力點頭，滔滔不絕地說了起來，「我爸媽是書法協會的，特別喜歡三端的筆，以前你們三端辦筆會的時候，他們再怎麼忙都會去參加。聽說你小時候，他們還抱過你呢。」

「那改日有空的話，我和封趣一起去拜訪一下伯父伯母。」

「太好了！你們什麼時候有空？」她激動地問。

這女孩的性子還真急啊。

「呃……我是不是太唐突了？」

「不會。」他笑了笑，道，「最近確實有點忙，等封趣的事情解決了我們就去。」

「對了，少東家是為了封趣姊的事情約我見面的嗎？」

「嗯。」

「那你一定要幫她！」童佳芸有些急切地抓住他的手，「今天來了好多警察，幾乎把她的辦公室都搬空了，還把她帶走了，說要配合調查，可是我聽蕭總說……」話說到一半，她突然意識到什麼，頓了一下，問，「就是蕭湛，你認識嗎？」

「認識。」他點了點頭，藉著喝水的動作把那隻被握著的手抽了回來，「妳繼續說，有什麼不明白的地方我會問妳。」

「好。」童佳芸繼續說了下去，「蕭總說，增滿正昭讓封趣姊自己選，要是她願意繼續留在增滿堂的話，那所有的事情都可以不追究，但她還是堅持要走，應該是不想與你為敵。以增滿正昭的性格肯定不會放過她，我懷疑就連蕭總也不會放過她，他們就是想置她於死地啊！」

「蕭湛還跟妳說了什麼？」

「他還說，封趣姊的人生是因為你而毀的，要負責的話，也該由你來負責，跟他沒有任何關係。」童佳芸承認，她是故意挑出這句話原封不動地傳達給薛齊的，目的就是提醒他得負起責任。

「還挺有自知之明。」封趣的人生本來就輪不到蕭湛來負責。

「啊？」什麼意思？童佳芸不太懂他的意思。

「沒什麼。」他輕笑著繼續道，「放心吧，我會負責的。」

「真的嗎？」她還是不太放心，「那封趣姊不會坐牢，是吧？」

「不好說。」

大哥！你玩我嗎？

「我的意思是……」他的笑容裡多了一絲淡到幾乎察覺不出來的苦澀，「也許對她來說，待在我身邊就如同坐牢。」

這句話說得有點帥啊！以至於童佳芸情不自禁地開始站ＣＰ了。

「逮捕她吧！少東家，請快點以愛的名義逮捕她，然後把她終身囚禁吧！」

「好啊。」他失笑出聲，「妳知道她被帶去哪個分局了嗎？我等等就去逮捕她。」

「這我倒是不知道……」童佳芸被問倒了，「不過我還是可以去幫你打聽一下，法務部那邊肯定知道。」

「那加個微信吧，一會兒打聽到後，妳傳訊息給我。」

「你要加我嗎？」童佳芸有些受寵若驚。

「不方便？」

「方便！方便！超級方便！」她趕緊掏出手機，第一次覺得加微信是一件這麼具有儀式感的事，當聊天室視窗跳出「您已加薛齊為好友，現在可以開始聊天了」這句系統提示時，她感覺就像關係明確建立，突然就有了使命感，「少東家，你還有什麼事需要我辦的就儘管說，我一定義不容辭！」

「謝謝。」他笑得很客氣，「妳已經幫了我很多，不好意思，還得勞煩妳特意跑一趟。」

「沒事，反正我閒著也是閒著。」

「閒著？」薛齊隱約察覺到了一絲不對勁，「妳不用上班嗎？」

「暫時不用了，他們讓我停職接受調查，可能以後也不用了吧，蕭總剛才還勸我主動辭職呢，不過我沒答應。別以為我不知道，他們就是不想給我資遣費，我才不會讓他們如願呢，看誰耗得過誰！」末了，她還憤憤不平地「哼」了一聲。

「妳有興趣來三端嗎？」薛齊突然問道。

「啊？」童佳芸有些意外，還有些尷尬，「少、少東家，你可千萬別誤會啊，我說這些絕不是想跟你討工作的意思，就是太生氣了，忍不住抱怨一下……」

「我明白。」他打斷了她的解釋，繼續道，「妳跟了封趣那麼久，我相信妳的能力，所以才會提出這種冒昧的要求。」

你完全只是盲目地相信封趣吧。

「我希望妳能好好考慮一下，大好的青春留在增滿堂跟他們耗資遣費，一點也不值得。」

「封趣姊是不是也會去你那裡？」

「當然。」

「你們已經談好了？」

「還沒有。不過妳放心，她會來的。」

童佳芸緊抿著唇，猶豫了好一陣子，最後終於下定了決心：「不管了！封趣姊去哪裡，我童佳芸就去哪裡！」

「好，等我跟她談妥了再跟妳說。」想了想，他又突然道，「說起來，倒是有一件事要請妳幫忙。」

「什麼事？」終於有了用武之地，童佳芸顯得很興奮。

「我邀請妳來三端的事暫時不要告訴封趣。」

「為什麼啊？」她恨不得第一時間跟封趣姊分享呢！

「她最近心情應該會很糟糕，如果得知她還連累了妳，那恐怕會更糟糕，等她的心情好一些了再說吧。」

「你對封趣姊真好。」童佳芸嚴重懷疑封趣是不是瞎了，從小跟這種男人一起長大，居然還看得上蕭湛？

「對她好不是應該的嗎？」

她內心深處的「檸檬精」要覺醒了。

「當然，我也有私心。」

「什麼私心？」她好奇地追問。

「按照她的個性，要是知道了妳現在的情況，她就算是為了妳，也會毫不猶豫地來三端。」

這句話讓童佳芸聽不懂：「這樣不好嗎？你不就是想讓她來三端嗎？」

「我希望她只是為我而來，無關其他人。」

別快說了！她現在好嫉妒封趣啊！

◇

封趣知道她遲早有一天要離開增滿堂，但她沒料到會以這種姿態離開——眾目睽睽之下被一群警察帶走。

當然，她也不是那種做事不考慮後果的人。在決定做這件事前，她就已經設想過各種後果，包括眼下這種情況。

但是想像和現實終究還是有差距的，她沒有想到問訊過程會這麼可怕，整整八個小時，除了吃飯、喝水、去洗手間，她根本就沒有休息的時間。做筆錄的警察換了兩三波，嚴厲的、溫柔的、高冷的，各種類型她都感受過了，可是翻來覆去還是那幾個問題，這種精神折磨她這輩子都不想再經歷了！

離開警局的時候已經是晚上十一點多了，她覺得身心俱疲，累得甚至感覺不到餓，只想立刻回家好好睡一覺。

然而，她剛跨出警局便看見不遠處停著一輛寶藍色的Panamera，一道熟悉的身影倚在車邊，見到她出來後，他直起身，微微歪過頭，定定地看著她。

封趣深吸了一口氣，逼迫自己打起精神，緩緩舉步，徑直走到他跟前，嘴角往上翹，勾出一絲諷笑：「薛總是怕我沒死透，打算再來補一刀嗎？」

他面無表情地啟唇道：「我要是想讓妳死，就不會給妳苟延殘喘的機會。」

所以呢？她是不是還得感謝他手下留情？

「上車。」他轉身替她打開了副駕駛座的車門。

她一動不動地站著，絲毫沒有上車的打算，眉宇間有明顯的排斥。

見狀，薛齊輕嘆了一聲，問：「妳還想再來這種地方嗎？」

如他所料，她忍不住顫了一下，顯然過去的這幾個小時為她帶來了極其糟糕的回憶，以至於她眼中甚至閃爍著一絲懼怕。在薛齊的印象中，她是個情緒很少外露的人，就算害怕也絕不會讓人看出來。

「上車吧。」他心頭一軟，語氣也軟了不少，更像輕哄，「聽話，我會幫妳解決這件事的。」

封趣趕緊鑽進了副駕駛座。

這模樣惹得薛齊失笑出聲，她一如既往地識時務，懂得適時向現實妥協。

封趣的坐姿格外端正，背脊挺得很直，雙手放在膝蓋上，一動不動，就像是第一天去學校報到的小學生。

薛齊淡淡地瞥了她一眼，感覺到了她的緊張，但他也確實不知道該怎麼安撫她，索性打開了收音機。

電臺裡正在播放的是一首節奏輕緩的曲子，這首曲子緩解了車裡的尷尬氣氛，封趣逐漸放鬆下來，甚至有了睏意。

再後來，她的眼皮越來越沉，路口紅燈的倒數計時就像催眠符，她依稀記得當綠燈亮起時，她再也撐不住了。

這一覺她睡得很舒服，醒來的時候她愜意地伸了個懶腰，原本蓋在她身上的東西因為她的動作滑了下去。她下意識地伸手抓住，發現是薛齊的外套後猛地打了個顫，那些模糊的意識頃刻清晰起來，她猝然抬眸朝駕駛座看過去。

「醒了？」薛齊正目不轉睛地看著她，輕聲詢問。

「嗯……不好意思，不知道怎麼就睡著了，可能是太累了吧，這個……」她將外套還給他，「謝謝。」

「不客氣。」他接過外套，重新穿上。

封趣這才發現副駕駛座的椅背被放了下來，她試圖將它重新調正，卻怎麼都找不到調節椅背的按鈕。

就在她側著身子摸索的時候，薛齊的聲音傳來：「我來吧。」

「啊？」她回頭看向他，神情有些尷尬。

薛齊不發一言地湊近她，手臂從她面前穿過，很快就摸索到了椅子下方的調節按鈕。

隨著椅背慢慢挺起來，封趣和他的距離也越來越近，她緊張地屏住了呼吸，眼看就快要觸碰到他的身體了……

「差、差不多了吧……」她連忙道。

薛齊輕輕震了一下，回過神來，輕輕「嗯」了聲，重新回到自己的座位上，神情也有些不自在。

「那個……」封趣清了清嗓子，打破了沉默，「我們是不是該聊一下怎麼解決這件事？」

「上去說吧。」

「也好……」封趣打開車門，這才發現映入眼簾的景物有些陌生，她轉過身，好奇地詢問薛齊，「這是你家？」

「有什麼問題嗎？」他理直氣壯地反問。

她輕輕蹙了一下眉頭：「為什麼不送我回家？」

「妳不餓嗎？」他問。

「有、有點。」身體太誠實了，她無法否認。

「那妳家有吃的嗎？」

上次送她回家的時候他看過，冰箱裡除了水就沒有其他東西了。

「我可以叫外賣啊。」

「都快淩晨兩點了，妳還讓不讓送外賣的休息了？」

「淩晨兩點？」她難以置信地看了眼手錶，確實快兩點了！可是離開警局的時候明明才十一點多啊，她愕然地朝薛齊看去，「我到底睡了多久？」

「近三個小時吧。」

「你……」突然一股暖流在她胸腔中流淌，「你是因為想讓我多睡一下，所以才沒有叫醒我嗎？」

「嗯。」

他這算什麼，打她一巴掌再餵她顆棗子嗎？節奏掌握得真好啊！

從停車位走到薛齊所住的那棟公寓也得花五分鐘左右，一路上，他們都很安靜。

他似乎沒有打破沉默的打算，封趣則糾結著他到底想幹什麼。如果是為了報復的話，那他已經成功了，為什麼還要幫她解決這件事？這很可疑，但他確實是她現在唯一能抓住的浮木，哪怕這根浮木上長滿了倒刺，求生欲還是促使她奮力抓緊……

等她回過神的時候，電梯已經停在了六樓。

薛齊率先跨出去，打開了面前那扇門，換上拖鞋，隨口交代了一句：「鞋櫃裡有拖鞋，妳自己拿吧。」

她好歹也算客人吧？有讓客人自己拿拖鞋的道理嗎？

然而薛齊完全不給她抗議的機會，丟下這句話便兀自穿過長長的玄關，轉向了右邊。

她有些無奈，只好打開鞋櫃自己翻找。

但她根本不用翻，最上面那層塞滿了各種飯店用的拋棄式拖鞋！

這個人真是越來越不像以前的薛齊了，以前跟薛叔叔、薛阿姨出去旅遊時，她每次都會把飯店裡的拋棄式拖鞋帶回來，他總是嘲笑她活得像大審，並且認為她的心智年齡至少六十歲，結果他還不是幹了同樣的事！

封趣隨手拆了一雙拋棄式拖鞋換上，也不知道薛齊在忙什麼，她總不能一直站在玄關，猶豫了片刻後，她小心翼翼地走了進去。

玄關左邊是偌大的下沉式客廳，右邊是餐廳和開放式廚房。

薛齊正在廚房的冰箱裡翻找著，察覺到她的動靜後，轉身詢問：「蟹黃麵可以嗎？」

「啊？」封趣有些驚愕地看著他。

「我問妳要不要吃蟹黃麵？」

「你家居然有蟹黃？」

「這是珍貴到尋常人家吃不起的東西嗎？」

「我不是這個意思……」如果她沒記錯的話，蟹黃一直是自己愛吃的，可是薛齊對蟹黃過敏。

「到底要不要吃？」他的詢問聲再次傳來。

「要，可是……」她回過神，消化起了另一波驚訝，「你、你做嗎？」

「我不喜歡別人進我的廚房。」

「我也沒有要進你家廚房的意思……」她往後退了幾步，畢竟他家廚房是開放式的，不知道什麼程度算是進入，她索性盡可能拉開一些距離，「我只是有點好奇，你會做嗎？」

「很難嗎？」他問。

「倒是不難……」對正常人來說確實不難，可是對他來說，難度係數爆表吧？這傢伙以前連蒸饅頭都會把饅頭整個丟進水裡煮啊！

「那不就行了。」

「不是，煮飯這種事不是用想的。總之你不用勉強，實在不行就叫外賣吧？雖然確實有點晚了，可是人家外送員也是想賺錢的，過分體恤他們反而會剝奪了他們賺錢的機會呢……」

「妳今天是怎麼跟警察說的？」薛齊突然啟唇，打斷了她的絮叨。

「啊？」她愣了愣，一時有些反應不過來。

他繼續問：「認罪了嗎？」

「沒有。」

「那就好。」他明顯鬆了一口氣，接著問，「妳是怎麼把那些資料給印好雨的？」

「當面給的。」

「是列印出來的還是放在隨身碟裡？」

「手抄的。」她很配合，有問必答。

他愣了愣，片刻後輕輕挑了一下眉梢，半開玩笑地道：「計劃得還真周全。」

這句話讓封趣輕輕震了一下。沒錯，太周全了，就好像在做這件事的時候，她就已經料到了會有今天的結果。可這說不過去，如果她是為了申請預算才找印好雨做這些模型，何必這麼小心謹慎，甚至不留一絲痕跡？

薛齊倒像是完全沒有察覺到這一點，自顧自地繼續道：「妳記住，我用來談判的那些資料都是從印好雨那裡得來的，跟妳沒有半點關係。」

「那我要怎麼解釋印好雨是如何拿到這些資料的？」

「這不是妳要解釋的事，是印好雨的事。正源作為三端唯一的生產商，知道三端的產量、銷售額，也不難從而核算出自由現金流，這很正常。」

封趣蹙了蹙眉心：「這樣的話，印好雨會不會有麻煩？」

「我讓律師看過正源和三端的合約了，裡面並沒有註明需要對這些資料保密，換句話說，這根本算不上商業祕密。」

「話是這麼說，可是有些事即便不觸犯法律，也有可能觸犯道德，如果『印好雨洩露客戶資料』的消息傳出去，極有可能會影響正源的聲譽。」要她為了自保棄印好雨於不顧，她辦不到。

「這個說辭是印好雨提出的，也只是以備不時之需，事實上，法院受理這個案子的可能性微乎其微，更何況我有無數種方法讓他們放棄追究。」

「不時之需是指……」她害怕地問，「警察還會來找我嗎？」

「放心，警察未必還會找妳，但增滿堂的人就不好說了，在被他們問起的時候，記得照我剛才教妳的說。」想了想，他又忍不住補充了一句，「尤其是蕭湛。」

「為什麼要著重提蕭湛？」

「不為什麼，個人偏見。」

她本以為這中間是不是還有什麼她不知道的事，結果這答案也太隨便了吧！

「吃吧。」他沒理會她的愣怔，兀自走到吧檯旁，把手裡那碗麵放在她面前。

「啊？煮、煮好了？」他居然就這麼悄無聲息地煮好了？

封趣低下頭，難以置信地看著面前這碗麵，賣相居然很不錯！

她迫不及待地拿起筷子，心裡已經想好了，不管好不好吃，都得誇他幾句以示鼓勵，畢竟能把麵煮熟對他來說就已經很不容易了！

可讓她沒想到的是，當第一口麵入口後，她竟然情不自禁地發出了讚嘆：「好吃！」

薛齊在她對面坐了下來，好笑地瞥了她一眼：「不過就是一碗麵而已，能有多好吃？」

「可能因為是你煮的吧。」她頭也不抬地道，又吃了一大口。

如果這碗麵是出自米其林那些三星廚師之手，或許只能給八十分，但它是出自她印象中幾乎從未進過廚房的薛齊之手，那就值一百零一分了，多一分就是為了讓他驕傲。

雖然明白她的意思，但薛齊還是心口一軟，柔聲道：「吃慢點，又沒人跟妳搶。」

「嗯嗯……」她嘴裡嚼著麵，支吾了幾聲。

薛齊完全聽不懂她在說些什麼，但她看起來完全沒把他的話聽進去，絲毫沒有放慢吃麵的速度，簡直堪稱手不停箸。

才幾分鐘的工夫，她就把那碗麵吃得乾乾淨淨，連湯都不剩。
她癱在椅子上，饜足地「啊」了一聲，還不太優雅地拍了拍肚子。
「吃飽了？」薛齊好笑地問道。
「嗯……」她很識趣地趕緊站了起來，「我來洗碗吧。」
「放著吧，明天讓阿姨洗就好了。」他抬手攔住封趣，重新把她按回了椅子上，「差不多該聊正事了。」
「剛才聊的不算正事嗎？」
「不算。」他直截了當地問，「妳為什麼要讓印好雨做那些模型？」
「呃……」他果然還是察覺到不對勁了！
「這個投資案並不是妳負責的，如果是想幫蕭湛的話也沒必要這麼謹慎……」他頓了頓，目不轉睛地逼視著她，問，「妳到底要那些模型做什麼？」
封趣放棄抵抗，深吸了一口氣，試探著問道：「如果我說我本來就是打算給你的，你信嗎？」
「信。」他幾乎秒答，就好像是她說出了一個完全在他意料之中的答案。
這讓封趣很意外。
他相信她？他居然相信她？可是相信她的話，又為什麼要這麼對她？
「按照印好雨的說法，妳早就知道增滿正昭要出售三端，不過我猜應該也不會太早，是蕭湛回國後知道的嗎？」

「嗯……」

「那妳應該也知道中林投資是收購方之一吧？」薛齊輕輕笑了一聲續道，「所以妳就裝醉，搞了這麼一齣戲，目的就是讓我拿到那些資料。」

她有些詫異：「你怎麼知道我裝醉？」

「憑妳的情商，還不至於敬酒敬到喝醉，那晚妳手裡一直拿著一瓶紅酒，而且妳只喝自己手裡的那瓶酒，喝完之後就會去找飯店服務生拿，並且每次都是同一個服務生。」他微微歪過頭，似笑非笑地道，「我猜，他拿了妳的錢幫妳兌酒，妳喝的那些紅酒裡摻了不少葡萄汁吧？當然，妳也確實喝了一些酒，畢竟如果沒有酒氣的話，會引起我的懷疑。」

「你都猜到了，還有什麼好問的……」她悶聲咕噥了一句。

本以為自己做得天衣無縫，可其實他早就看穿了，只不過是在配合她演戲而已，這感覺……老實說，不太舒服。

「倒也不算都猜到了，之前只不過是有所懷疑，直到今天才確定。」

「是因為我做得太周全了嗎？」

薛齊好笑地白了她一眼：「我沒見過有人申請預算還要做模型的，也沒見過有人申請預算，還需要偷偷摸摸地手抄資料的。」

果然，這種金融方面的問題她就不該在薛齊面前班門弄斧。

「為什麼要幫我？」

「我不幫你，要幫誰？」

她那種理所當然的語氣讓薛齊不禁地彎起嘴角，他撐著頭，笑意盈盈地看著她道：「那乾脆來三端幫我吧。」

她驀地一僵，臉色沉了幾分。

「怎麼了？」

「這就是你的目的嗎？」

他有些無言以對，這的確是他的目的，但顯然跟她想像的不太一樣，只是他不知道該怎麼解釋這其中的差別。

封趣把他的沉默解讀成了默認，嗤笑一聲，涼涼地道：「你借增滿正昭的手把我逼上絕路，然後又成為唯一能讓我免去牢獄之災的人，讓我陷入了根本無從選擇的境地。如果不想坐牢，我就必須來三端幫你，是嗎？」

這套路跟增滿正昭有什麼區別?甚至可以說更惡劣，畢竟連增滿正昭也不過是他手中的棋子。

「這是兩回事，願不願意來三端是妳的自由，我無論如何都會幫妳處理這個案子。」他啟唇道。

封趣有些意外，蹙著眉心不解地問：「那你做那麼多到底是為什麼？」

「為了逼妳離開增滿堂……」他輕嘆了一聲，語氣裡透著無奈，「如果我們辦法並肩作戰，至少不要兵戎相見。」

「對不起。」薛齊這一番話讓封趣有些慚愧，覺得自己簡直就是在以小人之心，度君子之腹。

「是我的問題，如果我一開始就選擇對妳說實話，妳也不會想那麼多。」

他沒必要揹這個鍋啊，這會讓她更加過意不去！

「不過我也確實沒想到妳會給我那些資料，妳應該也清楚，即使我和施易不在增滿正昭面前演那一齣，他也已經懷疑妳了。這種情況下他不會輕易放妳走，留在增滿堂妳只會更為難，倒不如這樣乾脆一點，我敢惹事，就一定能保證妳不會有事。」

「你……」封趣有些動搖了，「你想讓我來三端幫你做什麼？」

「不瞞妳說，我打算先從化妝刷做起，三端現在急需回籠資金、打開市場，等有了一定的客戶群後再考慮重回製筆業，這樣會更保險一些，而妳既清楚三端這些年的經營狀況，也對化妝刷市場有一定的了解。」

「那豈不是會跟增滿堂正面衝突？」

他點了點頭，坦誠地道：「確實會有。」

封趣陷入了糾結之中。

這種情況下，只要她去了三端，就已經是站在增滿堂的對立面了，就像剛才薛齊說的那樣，她也希望就算沒有辦法和蕭湛並肩作戰，至少也不要兵戎相見。

拒絕的話已經到了嘴邊，她還來不及說出口就被薛齊打斷了。

「封趣，」他輕輕喚了一聲，目不轉睛地看著她，用一種軟得足以讓人化開的語氣道，「我需要妳。」

真是要命啊！這樣子誰受得了？

她緊緊抓住最後那一絲尚存的理智，好不容易才擠出一句：「你讓我考慮一下。」

「好，我等妳。」他彎起嘴角，笑得很滿足。

封趣驀地轉開目光，這笑容太美她不敢看，生怕自己的立場會隨時崩塌！

◇

在那之後封趣又提心吊膽地過了幾天，終於，警局那邊聯繫她了。

那通電話她接得分外忐忑，做好了各種心理準備，好在他們只是通知她這個案子因為證據不足無法立案，讓她去辦一下手續，把一些私人物品領回來。

毫不誇張地說，掛斷電話的那一刹那她覺得整個天空都放晴了，迫切地想要找人分享這股豁然開朗的心情。

於是她打了通電話給薛齊，也不知道這個結果是不是跟他有關，但總得跟他說一聲。

手機響了很久才接通，還沒等薛齊開口，她就興奮地道：「我剛才接到警察的電話了，他們說證據不足無法立案！」

手機裡傳來他的輕笑聲：『那是不是該吃頓飯好好慶祝一下？』

「好啊，你哪天有空？」

『擇日不如撞日，就今天吧。』

「嗯，你想吃什麼？我請你啊。」

『還是我請妳吧。』

「你總得給我個機會謝謝你吧。」封趣推託道。

『謝我做什麼？我可干預不了司法，這只是正常判罰。』

是這樣嗎？那他之前說什麼會幫她解決這件事，敢情是早就知道會是這種結果了，他不過就是撿個現成便宜而已？這樣說好像也不太對，如果是撿現成便宜的話，現在他應該會邀功才對。

『妳什麼時候要去警局辦手續？要不要我陪妳去？』

「沒事沒事，我自己去就可以了。」只是辦手續而已，他們應該不至於再審她一次吧？

『那有什麼事就打電話給我。』

「不會有事的啦……」她被薛齊說得都有些心慌了，趕緊岔開了話題，生怕表現出害怕會讓他更加擔心，「你還是想想晚上吃什麼吧。」

『剛才聽櫃檯小姐說有家網紅烤肉店還不錯，要不要去試試？』

「是不是會送一罐來自呼倫貝爾大草原空氣的那家？我很早之前就想去拔草了……」先前她也跟蕭湛提過幾次，但他一直都沒什麼興趣，想到這裡，她的熱情忽然冷卻下來，聲音也越來越輕。

好在薛齊似乎並未察覺到什麼：『那等我這邊忙完就去接妳，可能六點左右。』

「還是直接在店門口碰頭吧，免得你再跑一趟。」

『無所謂，我本來也要回去放一下東西。』

「那好吧，你出來時跟我說一聲。」

掛斷電話後，封趣怔怔地看著最近通話那一欄，薛齊的名字下面全都是蕭湛。這幾天她打了無數通電話給蕭湛，他都沒有接，她也想過要不要直接去他家找他，又怕他氣還沒消，見了面反而會鬧得更加不愉快。

正好等等要去警局辦手續，她的車還停在增滿堂的停車場裡，她故意不去拿，就為了等到這種迫不得已的時候，還能有個製造偶遇的藉口。

如果是「偶然遇見」的話，應該就沒有那麼惹人厭了吧？

心想著，她就傳了訊息給童佳芸，本來是想確定一下蕭湛今天有沒有在公司，讓她沒想到的是……

◇

童佳芸收到封趣的訊息時，會議剛結束。

其實這個會早就該結束了，但薛齊中途出去接了個電話，回來的時候滿面春風，童佳芸猜想那個電話十有八九是封趣打來的。

所以說，為什麼找完少東家就來找她啊？

她驀地從椅子上站起來，快步追上剛走出會議室的薛齊，緊拽著他的手肘，氣喘吁吁地道：「封、封趣找我……」

薛齊停住腳步，轉頭朝她看了過去：「說什麼？」

「呃……」童佳芸有些猶豫。

「問妳蕭湛在不在公司？」

「你怎麼知道？」

「猜的。」

「少東家，你也太厲害了吧？三端要是哪天經營不下去了，你索性去擺攤幫人算命吧。」童佳芸由衷地感慨道。

「我算不了別人，只會算她。」他的猜測只不過是基於對封趣的了解，她一貫如此，看似坦蕩，實則忸怩，生怕一不小心就會惹人生厭。即便是想要去找蕭湛的心早就已經按捺不住了，她也未必會直接去做，更傾向於製造一場毫無意義的偶遇。

想到這裡，薛齊忍不住撇了撇唇，神情有些不悅。

捕捉到這一幕的童佳芸變得更加小心翼翼了：「我應該怎麼回她啊？」

「告訴她，妳其實已經不在增滿堂了。」

「咦？可以說了嗎？」他不是說要暫時先瞞著封趣的嗎？

薛齊微笑著看了她一眼：「什麼能說，什麼不能說，我相信妳會斟酌的。」

「那是一定的！少東家，你就放心吧，你的心思我懂，但我也絕對不會多嘴的！」她很有使命感地拍了拍自己的胸口，給出了信誓旦旦的保證。

當然了，口說無憑，為了證明她這方面的辦事能力絕對可靠，她索性當著薛齊的面打了電話給封趣。

封趣很快就接通了電話，童佳芸擠出為難的口氣，吞吐道：「那個……姊、姊啊……其實、其實我已經不在增滿堂了……」

不出她所料，手機那頭的封趣驚訝地大吼：『怎麼回事？什麼叫妳已經不在增滿堂了？』

「就……不做了嘛……」她回得很含糊。

封趣沉默了片刻，似乎是在穩定情緒，再次開口時比剛才冷靜了很多：『什麼時候的事？』

「快一個星期了。」

『那不就是我被警察帶走的時候？是因為我的關係嗎？』

「說來話長，這個電話裡講不清楚……」

『前天我們不是才一起吃過飯嗎？當時妳怎麼不說啊！』

「這個也說來話長……這樣吧，妳什麼時候要去增滿堂牽車啊？我剛好也要去辦離職手續，乾脆我們一起去吧，我見面跟妳說。」

急著跟她見一面的封趣自然是毫不猶豫地答應了，兩人約好了時間後，童佳芸掛斷電話，抬頭對一旁的薛齊道：「少東家，有我在，你就放心吧，我保證會幫你好好盯著她和蕭總的！」

「辛苦了。」薛齊拍了拍她的肩膀，「一有情況，立刻彙報。」

「遵命！」

◇

封趣原本是打算臨近下班的時候再去，這樣在停車場「偶遇」蕭湛的概率更高一些，就算是要等，應該也等不了太久，他向來不愛加班。

但她現在迫切地想知道童佳芸到底發生了什麼事，也顧不得那些兒女情長的小情緒了。

於是，她跟童佳芸約了下午一點，在增滿堂附近她們以前常去的那家咖啡店碰面。

她索性先坐計程車去警局辦完了手續，所謂的私人物品也沒什麼，不過就是一些隨身硬碟之類的，手續流程有點繁雜，但好在警察的態度都很客氣，忙完的時候已經兩點多了。等她趕到咖啡店的時候，童佳芸已經坐在那裡了，腳邊還放著個紙箱。

封趣快步走上前，瞥了一眼那個箱子，裡頭都是些杯子之類的私人物品，她猜測道：「妳已經辦完離職手續了？」

童佳芸點了點頭，把替封趣點好的咖啡推到她面前道：「少東家給我放了半天假，吃完午飯我就過來了，閒著也是閒著，就乾脆自己先去辦了，順便幫妳打探了一下，櫃檯小姐說蕭總已經好幾天沒去公司了。」

「少東家？」這個既熟悉又陌生的稱呼幾乎吸走了封趣的所有注意力，她眉頭緊蹙，追問道，「妳現在在哪裡工作？」

「三端……」童佳芸的話音很輕，小心翼翼地偷看著封趣的反應。

「什麼情況？」封趣一驚一乍地吼道。

「嗯……」童佳芸支支吾吾地道，「那天妳被警察帶走之後，他們就派人沒收了我的電腦，讓我停職接受調查。」

這一點封趣倒是不覺得驚訝，童佳芸身為她的助理，極有可能會被他們遷怒，正因為想到了這一點，她才會在臨走時特意跟蕭湛說留下童佳芸……

想到這裡，她問：「蕭湛呢？他沒找妳談過嗎？我說了要他把妳調去他那邊啊。」

「姊，妳是不是傻啊……」童佳芸用一種充滿同情的目光看著她，「他對妳都這樣了，還能善待妳的助理？」

說得也是。

「再說了，就是他勸我主動離職的！」童佳芸咬牙切齒地繼續說道，「說是萬一查出了什麼，就不是被開除那麼簡單了，對我以後的職涯發展也不利，我本來是打算就這麼跟他們耗著的，有本事就開除我啊，拿點資遣費也好。可是少東家說得沒錯，拿大好的青春跟他們耗太不值得了！」

「所以薛齊到底是怎麼找上妳的？」這開口閉口「少東家少東家」的，封趣聽到都覺得有些不是滋味了，這傢伙到底是誰的助理啊？

「那天，我剛離開公司就接到了少東家的電話，他想跟我打聽妳被帶去哪間分局了，結果聽說我被停職之後，就邀請我去三端。他說妳也會去，那我當然就答應啦！結果第二天，他又約我出來見了一面，說是妳不願跟那台『人形打樁機』為敵，所以恐怕不會來三端了，但他仍然希望我能過去，讓我自己考慮。我肯定是拒絕的啊，妳不去，我去幹嘛啊？可是少東家太會說話了！字字攻心，感情真摯，我最終還是抵抗不了……」

「去三端確實要比留在增滿堂好，這我完全可以理解，也不會要求妳因為我而不可以跟蕭湛為敵，妳沒必要瞞著我啊。」

那件事之後，封趣當然也擔心過童佳芸會不會被自己連累，她們通過好幾次電話，微信也一直都有保持著聯繫，甚至前天一起吃過飯。可是被停職也好，薛齊來找過她也好，這些事童佳芸都隻字未提，倒是有意無意地勸自己回去三端，還煞有介事地列舉數條去三端的好處。

童佳芸一直是個三端控。她父母都是書法協會的，她自小就被逼著學書法，別的小孩子都在玩，她卻每天都在練字，湖筆、徽墨、宣紙、端硯就是她的童年玩伴，而她最常用的就是三端的湖筆。雖然後來因為實在不是那塊料而放棄書法了，但她對三端始終有情懷，這也是封趣當初會在眾多面試者中選擇她當助理的原因之一。

正因為如此，她的勸說在封趣看來是件很正常的事，絲毫沒有生疑。

「不是啦……」童佳芸很有技巧地坦白了一部分，「是少東家讓我瞞著妳的，說是怕妳會自責。」

「他有病，妳也跟著一起有病嗎？也不動腦子想想，這種事妳還能瞞我一輩子嗎？」

那的確是薛齊的作風，他經常會做出一些對她保護過當的事，小時候，下雨天時甚至不讓她往樹下走，覺得她會被雷劈死。所以封趣並不覺得意外，她不能理解的是為什麼童佳芸會這麼聽薛齊的話。

這是她的助理啊！跟了她那麼多年啊！居然和薛齊一起瞞著她！

雖然出發點也是為了她好，但她依然覺得心理不平衡！

「當然不可能瞞妳一輩子。我們也是想等這件事過去後，妳心理負擔沒那麼重了，我在三端也穩定了以後再跟妳說嘛。」童佳芸決定採取撒嬌策略，抓著封趣的手臂前後晃動。

「我現在心理負擔依然很重。」想了想，封趣又補充了一句，「不如說是更重了！」

「哎呀，別這樣嘛，我這不是跟妳坦白了嗎？」

「那是因為妳瞞不住了！」

「呃……」要瞞怎麼會瞞不住呢，還不是少東家不想騙她。

封趣突然想到了什麼，憤憤地瞪著童佳芸，問：「該不會今天也是薛齊要妳來看著我的吧？」

「那倒沒有……他只是說，如果妳有什麼事的話要我跟他講……」

「那不就是看著我嗎？」

「這哪叫看著，人家那是關心妳好嗎？」

「關心個屁啊！我不過只是來牽個車，能有什麼事？」

童佳芸睨了她一眼，意味深長地道：「妳真的只是來牽個車嗎？」

「妳不會連我想來偶遇蕭湛的打算都跟他說了吧？」

「呃……」

神經病啊！她不要面子的啊！

說什麼只是牽車而已，能有什麼事……封趣還是太天真了，低估了增滿正昭的齷齪程度。到了停車場後，封趣發現她的固定車位上停著一輛她從未見過的車。

雖然她非常確信自己就是把車停在這裡的，但抵不過現實，她不得不懷疑自己的記憶是否出現了偏差，於是跟童佳芸繞著停車場找了好幾圈。好在增滿堂的停車場並不大，她們找了半個多小時還是一無所獲，兩人放棄了，決定去問一下物業到底是什麼情況，物業給她們的回答是：

「這個車位你們公司已經安排給其他員工了，但妳一直不來牽車，公司說是聯繫不到妳，要我們自行處置，總之要趕緊把這個車位空出來。但我們更聯繫不到妳啊，沒辦法，就只好先找拖車公司把車拖走了。」

物業經理還很客氣地寫了個地址給她，讓她帶好證件去取車，整個過程中不停跟她道歉，以至於她也不好責怪對方。

更何況，這的確不是物業的問題，車位是公司行政部門統一安排的，物業當然不可能有她的聯繫方式。

問題就在於，增滿堂這邊根本就沒有任何人聯繫過她！

她拿著那張物業經理寫給她的地址條，有些迷茫地站在辦公大樓的大廳裡，縱然是把人性看得再透徹，她也沒想到會被這麼徹底地拋棄，一時間竟然有些緩不過神。

童佳芸很氣憤，在一旁不停地說：

「太過分了吧！妳好歹在這裡做了那麼多年，沒有功勞也有苦勞，容不下妳的人也就算了，居然連妳的車都容不下嗎？再說了，覺得礙眼就打電話叫妳取車啊，行政那邊又不是沒妳的電話，憑什麼未經妳允許就擅自處理啊？幸好我辭職了！這鬼地方誰愛待就誰待！」

「封趣？」

突然有個低喚聲傳來，打斷了童佳芸的話。

童佳芸轉頭看了過去，迎面走來的是個女孩，披肩中短髮，穿著條素色的裙子，妝容很淡，看起來不怎麼起眼，甚至是沒什麼存在感，但細看的話會發現她長得很清秀，氣質也很恬靜。

這個人童佳芸只見過兩次，算上今天一共才三次，但還是一眼就認出來了——蕭湛的助理。

她絕對是童佳芸認識的人裡面反差最大的那個了，看起來毫無攻擊性，實則吃人不吐骨頭。

「啊！」她輕輕地叫了一聲，驀然想起了一件很重要的事。

完蛋了！她應該剛才就先把封趣帶走才對！

女孩興沖沖地走到封趣跟前，噙著笑道：「妳來公司怎麼也不說一聲啊？」

「只是來牽車而已，很快就走了。」封趣將手裡的那張紙收好，有禮貌地對她笑了笑，語氣裡透著疏離。

很顯然，封趣不愛跟她打交道。

她叫羅夏可，起初只是蕭湛母親開的漆器教室裡的學生，封趣之前在漆器教室幫忙的時候見過她好幾次。她幾乎沒怎麼跟蕭湛說過話，有什麼不懂的，都是直接向蕭湛的母親請教。蕭湛的母親特別喜歡她，經常會邀她去家裡吃飯，跟蕭湛打照面時，她總是客客氣氣的，話也不多，以至於封趣一直以為她和那些衝著蕭湛而來的小迷妹不同，只是喜歡漆器而已。

直到蕭湛的母親去世，封趣飛去日本找蕭湛的那天，羅夏可在蕭湛家。

淩晨三四點，孤男寡女，怎麼看都不正常。但羅夏可見到封趣之後無比坦然，聲稱只是來整理一些老師的遺物時，看蕭湛心情不好，就陪他聊了一會兒，聊著聊著就忘了時間。

封趣當然也沒有資格去刨根究底，但女人的直覺告訴她——羅夏可一定是喜歡蕭湛的。

後來，羅夏可也終於承認了。

她說：「他就像個小孩一樣，看到了喜歡的玩具就心心念念、志在必得，得到之後開心得恨不得時時刻刻把對方捧在手心裡，但用不了多久就把玩盡興、棄如敝屣。他根本就不愛任何人，只愛他自己，妳也不是例外，我也一樣。但我跟妳不同，我從來都沒有想過要成為他的玩具，我想要的是成為他的一部分，等到他的事業、生活都離不開我的時候，他就會像愛自己那樣愛我了。」

在那之後不久，封趣就聽說羅夏可成了蕭湛的助理，她的的確確是在一步步地入侵蕭湛的事業和生活。

坦白講，封趣是認同這番話的，也並不覺得羅夏可有多可怕，甚至論起蟄伏功力的話，她有信心可以完勝羅夏可，但她不想這麼做。如果喜歡一個人都要這麼鬥智鬥勇、精於算計的話，那她寧可換一個人喜歡。

三觀不同又偏偏喜歡著同一個人，她們是註定不可能成為朋友的。

「現在就要走了？」羅夏可輕輕蹙了一下眉心，「不跟蕭湛打個招呼嗎？剛才電梯太擠，我就先進去了，他坐下一部，應該很快就下來了。」

封趣愣了愣，轉眸朝童佳芸看了過去。

一旁的童佳芸連忙心虛地別開了目光。

封趣意識到了不對勁，童佳芸是不會無緣無故騙她的，除非有什麼不想讓她看到的東西，再結合羅夏可極力挽留她的表現來看——蕭湛有可能不是一個人下來。

她收回目光，微笑著對羅夏可道：「我還有事，下次吧……」

可惜，天不遂人願，她的話音還沒落下，羅夏可就突然看向電梯的方向，自言自語般念叨了句：「啊，還真是說曹操曹操到呢。」

不會這麼巧吧！

「蕭湛！」她扯開嗓子喊道，「封趣來找你了！」

這女人擺明了就是想讓封趣難堪啊，都指名道姓地嚷嚷了，封趣甚至看到有不少人停下腳步，朝她投來好奇的目光，如果她在這時候轉身就走會更丟臉！

她咬了咬牙，鼓起勇氣轉過身，朝電梯的方向看了過去，映入眼簾的畫面果然和她想的一樣……

蕭湛舉步從電梯裡跨了出來，懷裡還摟著一個女人，兩人正在說著什麼，笑得很開心，聽見羅夏可的呼喊後，他抬眸朝她們這邊看了過來。

他明顯怔了一下，但很快重拾笑容，鬆開了懷裡的女孩，若無其事地朝她們走來。

「找我有事嗎？」他絲毫沒有想掩飾什麼的意思。

童佳芸見封趣愣怔著，連忙道：「蕭總，麻煩您好好管一下您這位助理，別亂造謠，我們家封趣姊只不過是來牽車的。」

「啊？」羅夏可一臉無辜地朝童佳芸看了過去，「我以為牽車只是藉口。」

「妳……」童佳芸語塞了，說這是藉口也不為過，可是當眾說穿就過分了啊！

「原來是封總啊。」蕭湛身邊的女孩忽然啟唇，「好久不見了呢，聽說妳被增滿堂開除啦？」

封趣蹙了蹙眉，細細打量起面前的這個女孩。她仍然沒想起對方到底是誰，但那張標準的網紅臉倒是釋放出了不少資訊。她沒猜錯的話，對方應該是個美妝部落客，跟增滿堂有合作，之前應該也跟她打過幾次照面。

「妳的消息還真靈通。」封趣對著她微微揚了揚眉。

「過獎過獎，妳侵犯商業機密的事圈子裡都傳遍了，想不知道都難。」

「妳什麼意思？誰侵犯商業機密了？有證據嗎？」童佳芸咬牙切齒地吼道。

「妳對我吼也沒用啊，我也是聽你們增滿堂的員工說的。」話音落下的同時，她又往蕭湛的懷裡鑽了幾分，接著媚眼一抬，涼涼地瞥了一眼封趣，「說起來，妳找我男朋友有什麼事啊？」

「我只是來牽車的。」封趣直視著她的眼睛，一字一頓地道，將心虛掩蓋得毫無痕跡。

就在她話音落下的同時，忽然有個熟悉的聲音從身後傳來。

「妳的車還沒拿好嗎？」

封趣怔了怔，轉眸看了過去，是薛齊。

他噙著笑，就好像是一直在外頭等她一樣，表現得極其自然。

封趣咬了咬牙，朝童佳芸看去——還滿會通風報信的啊！

童佳芸不以為意地朝她吐了吐舌頭，舉步躲到薛齊身後，告起狀來：「少東家，他們把封趣姊的車拖走了！」

「拖去哪裡了？」薛齊站在封趣面前，詢問道。

封趣沒說話，默默地把剛才物業經理寫給她的那個地址遞給薛齊。

他接過字條看了一眼：「還好，不遠，坐我的車去拿吧。」

說著，他便打算轉身。整個過程中，他就像是根本沒看見面前的蕭湛等人，連聲招呼都沒打。

但人家不打算就這麼放過他。

「啊啊，薛總也來了啊？」那位美妝部落客忽然主動跟薛齊打起了招呼。

聞言，薛齊還是很有禮貌地停住了腳步，轉身朝對方看去，眉宇間有困惑之色，顯然他根本就想不起來面前的人是誰。

對方也不在意，自顧自地說了下去：「不好意思啊，拒絕了你那麼多次，我也是沒辦法，得顧及我男朋友的感受，不太方便跟你見面，三端的宣傳自然無法接了。」

封趣的嘴角微微抽搐了一下，欲哭無淚地看向薛齊。

居然還有這一樁！他還找過這個女人幫三端做宣傳？

從公事角度上來說，她倒是可以理解，讓美妝部落客幫忙宣傳也算是常見的手法了；從私人角度來說，這個人到底是來英雄救美，還是來給她漏氣的？

「那還真是可惜了，三端要是能有妳幫忙一定如虎添翼。」相比之下，薛齊倒是不以為意，依舊微笑著，只是笑容裡沒有絲毫溫度，就像他的語氣一樣，只是教條式的禮貌而已，「不過，買賣不成仁義在，無論如何還是恭喜妳和蕭總。」

薛齊這段話讓蕭湛和那位美妝部落客臉色一僵，就連封趣也很意外，一臉活見鬼似的直直瞪著他。

那位美妝部落客當眾說這種話顯然是想讓薛齊面子掛不住吧？換作以前，即使已經知道對方的身分，他也會故意仰起頭，不屑一顧地看著對方問：「妳誰啊？」

但不得不說，他現在的反應非但涵養十足，還達到了高下立現的效果呢！

「封趣跟蕭總也算是朋友，難得巧遇，按理說我們應該請你們吃頓飯才是，不過今天還有些私事要辦，實在是不好意思……」說著，薛齊突然伸出手，掌心落在封趣的肩上，「我們就先告辭了，改天再約。」

封趣呆呆地被他摟著轉過身，像個傀儡似的舉步朝門外走去。

見狀，童佳芸連忙跟了上去，腳步很輕快，笑容很得意。直到跨出增滿堂的大門，她終於不用忍了，朝薛齊伸出手，嚷嚷道：「少東家，幹得太漂亮了！」

薛齊很配合地跟她擊了個掌：「妳也不賴。」

「你們當我是透明的嗎？」封趣沒好氣地睨了他們一眼。

「她也是不想讓妳受委屈才通知我的。」薛齊還是很負責任地幫童佳芸解釋了。

封趣輕輕瞪了一眼童佳芸，問：「所以妳上去辦離職手續的時候是不是已經看到了？」

她問得很含糊，因為生怕自己提到「蕭湛」這兩個字會情緒失控。

好在童佳芸還是聽懂了，默默點了點頭，輕聲道：「我看見那個女的在蕭總的辦公室裡，就跑去跟櫃檯小姐打聽了一下，聽說這女的最近天天跑來公司找蕭總，肯定早就在一起了。」

「嗯，我知道，他回國前他們應該就在一起了……」

蕭湛回國那天說要去找的女朋友應該就是這個美妝部落客吧？

這幾年，蕭湛身邊從沒缺過女人，她眼睜睜地看著他換了一個又一個女朋友，像今天這種畫面並不是第一次見到了，只不過這還是他第一次允許一個女人在她面前這樣耀武揚威。

該怎麼形容這種感覺呢？之前她至少可以安慰自己說，她對蕭湛來說是特別的，即使他從未給過她回應，但也從不允許別人傷害她；可是現在，就連這種欺騙自己的自我安慰也沒有了。

「姊，想開點，他不懂得珍惜妳是他的損失。那句話是怎麼說的？三條腿的蛤蟆不好找，兩條腿的男人多的是……」說著，童佳芸指了指一旁的薛齊，「這不就有一個嗎？顏值高、人品好，私生活還特別檢點，比那台『人形打樁機』強一萬倍。」

封趣有些尷尬地看向薛齊：「你別理她。」

「嗯……」薛齊笑著點了點頭，岔開了話題，「走吧，陪妳拿完車去吃烤肉。」

童佳芸很識相，並沒有打擾他們的晚餐，隨便找了個藉口先離開了。

問題就是她這個藉口實在找得太隨便！說什麼突然想吃媽媽做的飯了，封趣都不知道她媽媽還會做飯，因為她們家的飯菜向來都是保姆做的！

好在，這些薛齊並不知道，為了不讓場面太尷尬，封趣只好配合童佳芸。

「童佳芸的媽媽做飯可好吃了，把她的胃口養刁了，老是嫌棄外面的東西全是味精……」

「妳不知道嗎？」薛齊遞了幾串羊肉串給她，笑著打斷了她的念叨。

「啊？」知道什麼？

「我聽童佳芸說，她父母的個性都比較不食人間煙火，別說是做飯了，估計連碗都沒洗過，她們家的飯菜都是保姆做的。」

這女孩是有毒嗎？為什麼連這種事都要跟薛齊說？

「她明擺是想幫我們創造機會吧。」

「可、可能是吧……」就是這麼一回事沒錯，但是也沒必要這麼明確地說出來啊！她只好硬著頭皮打圓場，「你、你別介意……她就是比較愛瞎操心，怕我嫁不出去似的，恨不得幫我安排相親，再、再加上剛才的事，她可能怕我難過……」

「我不介意。」

「那就好。」封趣微微鬆了口氣。

「妳要是真的嫁不出去，我娶妳就是了。」

「啥？」她舉著羊肉串，瞠目結舌地看著他。

「怎麼了？」他若無其事地問。

封趣咽了咽口水，半晌後才反應過來：「不、不是……我只是隨便說說的，你也不用這麼委屈自己……」

「妳別委屈我不就好了？」

「什、什麼意思？」開玩笑，她哪敢讓他受委屈啊！

「對我好一點。」

「我對你還不夠好嗎？」她都已經為了他徹底跟蕭湛撕破臉了，還要多好？

「那妳考慮好了嗎？」他把剝好的烤蝦扔進了她的盤子裡。

「考慮什麼？」她不明就裡地問。

就知道她根本沒放在心上，薛齊也沒太在意，提醒道：「來三端幫我的事，妳不是說要考慮一下嗎？都快一個星期了，應該考慮得差不多了吧？」

「喔，這件事啊……」他繞那麼大的彎，原來還是為了這件事嗎？這反而讓封趣覺得自在多了，「行啊，你要我什麼時候上班？」

「妳確定？」

相較於之前的猶豫不決，這一次她倒是答應得格外爽快。

薛齊很清楚，她多半是剛才被蕭湛刺激到了，所以這個答案他並不覺得意外，只是怕她是一時衝動，於是決定再給她一次反悔的機會。

「當然。」她想也不想地回道，甚至覺得之前為了蕭湛，顧慮重重的自己就像個笑話。

「妳應該知道吧，三端和增滿堂註定只會是敵人。」

「你怕我只是被蕭湛氣到了，所以一時衝動，說不定過一陣子就反悔了，搞不好還會身在曹營心在漢？」他沒好意思說出口的話，封趣索性替他說了。

「嗯。」他點了點頭。

「我不否認，我的確是被蕭湛刺激到了，但也刺激醒了。我還有自己的人生要走，不可能永遠待在原地等他眷顧。或許我沒那麼快忘記他，可我必須得忘，繼續下去的話，我認為那是對自己不負責。至於三端，不管你信不信，我守了它七年，事到如今要我丟下它不管，老實說，有點難。其實早在你說你需要我的時候，我就覺得自己在劫難逃了……」她深吸了一口氣，就像是在許下什麼重大承諾一樣，語氣格外鄭重地道，「我想跟你一起把三端做好，『公如青山，我如松柏，永不相負』的那種。」

他彎起嘴角，淺淺地笑道：「放心吧，我這輩子負誰也不會負妳。」

這笑容讓封趣的心口輕輕動了一下，她慌亂地別開目光，清清嗓子，試圖緩和一下氣氛：「那、那我們要不要乾一杯，預祝合作愉快什麼的……」

「留著以後喝交杯酒吧。」

過分了！她皺了皺眉，想要鄭重其事地告訴他最好不要開類似這樣的玩笑。

然後，她還來不及說些什麼，薛齊突然話鋒一轉，一本正經地道：「星期一來上班可以嗎？」

「可、可以啊……」

所以剛才那個話題是結束了嗎？她如果再提出來，會不會有點小題大做？

「嗯，那星期一早上七點半，我去接妳。」

「你把公司位址給我，我自己過去就可以了。」

「就這麼定了，吃飯吧。」

「不是，我……」

「吃飯的時候別聊公事。」

前言可以撤回嗎？什麼松柏，什麼永不相負，她不幹了！薛齊這個人根本就是個不講道理的暴君啊！

# 第五章　真男人從不回頭看爆炸

昨天的那一齣好戲迅速在增滿堂內部發酵，三端少東家薛齊也不可避免地浮出了水面……

「我聽說他是賓夕法尼亞大學畢業的呢。」

「我怎麼聽說的是史丹佛？」

「哎呀，管他呢，反正就是常春藤盟校菁英。」

「不知道顏值怎麼樣。」

「等等見到不就知道了嗎？」

「咦？他要來我們公司嗎？」

「妳以為我們到底為什麼要擠在這個小會議室啊？我剛才說的話妳完全沒在聽嗎？」

「我剛才在傳訊息嘛，沒注意到。這個小會議室是給薛齊用的？」

「是啊，剛才羅夏可說蕭總要用一下小會議室，社長要他接待薛齊。」

「我的天哪！居然讓蕭總接待，社長在想什麼？聽說昨天氣氛就已經劍拔弩張了，日本人果然是日本人，沒聽說過『情敵見面分外眼紅』這句俗話嗎？」

「日本肯定也有類似的俗話好嗎！嫉妒心是全人類共有的！我覺得呢，社長說不定跟我們是一樣的心態，看熱鬧不嫌事大。」

「那等等如果少東家真的對蕭總動手了怎麼辦？我們幫誰啊？」

「這還用問？誰發工資給我們就幫誰啊。」

「有道理……」

突然有個詢問聲傳來，打斷了小會議室裡兩個女孩的對話。

「你們聊完了嗎？」

這聲音……

兩人猛地一顫，互看了一眼後，僵硬地轉身朝門口看了過去。

來人是蕭湛沒錯。

他正倚在小會議室的門邊，面無表情，眼眸中透著寒意，直勾勾地看著她們。

門的另一邊還有一道身影，是個看起來跟他年紀差不多大的男人，連姿勢都跟他差不多，唯一不同的是，這個男人的臉色好看多了。他的嘴角微微上翹著，從眼眸中透出淡淡的笑意，分外勾人。

他察覺到她們的目光後，笑意加深了幾分，啟唇道：「我是哈佛畢業的。」

這個人是薛齊？

看起來，在她們討論他是哪所學校畢業的時候，他們就已經來了。

那兩個女孩又一次看向對方，默默地用眼神交流著……

「顏值很高啊！」

「是啊！比我想像的高多了！」

雖然是無聲的交流，但那種花痴目光蕭湛太熟悉了。他被這種目光洗禮過無數次，然而這一次，面前這兩個女孩的花痴對象顯然不是他。

於是，他又一次咬牙切齒地問道：「我說！妳們聊完了嗎？」

「聊、聊完了……」其中一個女孩迅速回神，囁嚅了一句後，趕緊拉著另一個女孩朝會議室外走去，臨走前，還忍不住頻頻偷瞄薛齊。

她剛跨出會議室，就按捺不住地對另一個女孩道：「我決定幫薛齊。」

「啊？妳剛才不是說誰發工資給我們就幫誰嗎？」

「是啊，工資是社長發的，又不是蕭總發的。」

「呃……」

「再說了，我也可以跳槽去三端的！」

「如果想來三端的話，我隨時歡迎。」薛齊笑著對那個女孩的背影說道。

她頓了頓，回眸瞥了一眼薛齊，竟然有些臉紅，但當她捕捉到一旁的蕭湛丟來的瞪視後，她立刻收斂了羞赧的笑容，一路小跑地離開了。

蕭湛恨不得立刻就讓這個女人去人事部辦離職手續，可是當著薛齊的面，他必須繃住，不能表現出在意，一旦情緒失控就輸了！

於是，他收回視線，若無其事地率先跨進了會議室。

薛齊緊隨其後，在他對面坐了下來，環顧起四周來。

會議室不大，十多平方公尺的樣子，應該只是用來接見客戶的，桌上放著茶水、紙巾以及毫無實用意義的紙筆，總結來說，增滿堂的待客之道還算不錯，除了他面前這個男人。

蕭湛冷眼看著薛齊，語氣不大友善地道：「社長沒空見你，所以就讓我來應付。」

「沒關係。」薛齊笑著點了點頭，「跟誰談都一樣。」

「你想談什麼？」蕭湛揚了揚眉，問道。

「關於封趣侵犯商業祕密的調查，警方那邊應該已經把結果回饋給你們了吧？」

蕭湛若有似無地「嗯」了一聲，法務部那邊是昨天接到警方電話的，結論是證據不足，不予立案。

他本來以為這件事到此為止了，但社長顯然並不想就此作罷，擺出了一副非得置封趣於死地的姿態，直到今天早上祕書部那邊接到了薛齊的電話，提出想約增滿正昭見面，他這才意識到社長的目標早已不是封趣，而是想逼薛齊出面。

增滿正昭想知道薛齊到底還能玩出什麼花樣，或者逼薛齊亮出底牌，可他又不願意親自見薛齊。沒什麼特別的原因，只是為了讓薛齊明白——想跟增滿正昭談，他還不夠格。

坦白說，蕭湛也不清楚增滿正昭為什麼讓他出面，這聽起來確實是最不合理的安排，可他還是沒有拒絕，昨天的仇總得報回來。

「那麼請問貴公司願意就此息事寧人嗎？」那頭傳來薛齊聽似禮貌的詢問。

但在蕭湛聽來，總覺得這句話彷彿帶著刺，讓他很不舒服。他哼笑了一聲，回道：「就算沒辦法追究刑事責任，也不代表不存在民事糾紛。我想你應該也明白，這是兩回事，我們會考慮找更專業的機構來介入仲裁。另外，增滿堂是全日資企業，所以如果有必要的話，我們有可能會交由日本方面的相關部門來處理這件事。」

薛齊沒再說話，只是從包包裡掏出平板電腦，擺弄了一陣後遞給了蕭湛。

蕭湛蹙眉接過，即使還沒看都能猜到即將映入眼簾的絕對不會是什麼好東西。

果然不出所料。那是一份文件，裡頭匯總了增滿堂天然動物毛背後的整個產業鏈，從大規模圈養石獾到活體取毛。而在此之前，增滿堂曾反覆向各國環保人士保證過堅決不會在傷害動物的情況下取毛，而且石獾還是保護動物。這條產業鏈一經曝光，對增滿堂而言雖然不至於是滅頂之災，但也足以讓股價受挫，甚至可能需要好多年才能緩過來。

其實這並不是什麼祕密，業內人士都心知肚明，只是誰也不會把這種事放到檯面上說，因為這可能會毀了整個化妝刷行業。

蕭湛抬眸，冷眼看著薛齊，質問道：「你不覺得自己很卑鄙嗎？」

薛齊失笑出聲：「三端被增滿堂正式收購的那一天，我也曾問過增滿正昭同樣的話，跟你現在的表情差不多，他卻笑呵呵地說『我好久沒有聽到這麼天真的問題了，生意場上就沒有不卑鄙的人』。」

「你是想讓我誇你『君子報仇十年不晚』嗎？」

「你想太多了。」薛齊平靜地道，「我一直告訴自己，無論如何都不要變成那樣的人，所以我從不打算用這種手段來對付增滿堂，即使這麼做可以讓這場收購變得更方便。」

「那你現在給我看這些是什麼意思？證明你贏得有多光彩嗎？」

「我的話還沒說完……」他身體微微前傾，笑著看向蕭湛，可是那目光沒有絲毫溫度，「如果是為了封趣的話，我不介意讓自己變得更卑鄙。」

「說得可真好聽。」蕭湛哼出一記諷笑，「她會背上『侵犯商業祕密』的罪名，不就是你造成的嗎？」

「容我再重申一次，我在談判中使用的那些資料根本算不上商業祕密，增滿堂從未對這些資料採取過商業祕密等級的保護措施。當然，更重要的是，這些資料也並非封趣洩露給我的，她跟這件事沒有任何關係。」

「您還真健忘啊，簽約那天您可不是這麼說的。」

「簽約那天我說過什麼嗎？如果沒記錯的話，我似乎只是向你們社長介紹了一下自己，順便跟封趣道了聲謝。至於為什麼要道謝，那是我和她之間的私事，我也沒想到你們會產生那麼多的聯想。」

蕭湛臉色一僵。確實，不管是薛齊也好，施易也好，都沒有明確說過那些資料是從封趣那裡得到的，而是用了一些很有技巧性的話引導他們往這方面想……

「我還真是低估了你，原來你從那個時候開始就已經謹慎到不留下任何把柄了。」他瞇起眼眸，試圖把薛齊看透，可是那張笑臉背後只有一片虛無。於是他只好用看透一切的語氣來粉飾自己的猜測：「實在很難想像你這種人會不惜一切代價地幫封趣。說到底，你也並不是想幫她吧，只不過是想做些什麼來感動她，好讓她去三端為你賣命。」

「據我所知，增滿堂已經開除她了吧？離職員工的去向你們也要過問嗎？」

「必須得過問呢，封趣可是跟增滿堂簽過競業禁止協定的。」

居然還有這種東西？顯然，薛齊現在無法立刻跟封趣確認到底是否存在著什麼競業禁止協議，說不定連她自己都不記得簽過這種東西。

「坦白說，就算你把這些東西公之於眾，也不過是暫時為我們的公關部增加一些工作量而已。」說著，蕭湛把手裡的那台平板電腦丟給薛齊，好整以暇地繼續道，「封趣侵犯商業祕密這件事確實不太好追究，為此跟你們爭得你死我活並沒有多大的意義，但就此結束也不是不可能。那份競業禁止協定就沒這麼好辦了，白紙黑字寫得清清楚楚，讓公關部忙一陣子就能為三端添亂，也算值得了。」

薛齊挑了一下眉梢，突然問：「你在錄音是嗎？」

這句話讓蕭湛一愣，但他很快便回過神，挑釁地揚了揚頭：「這是我們公司的規定，不犯法吧？」

「那你回頭多聽幾遍吧。」

「嗯？」什麼意思？蕭湛不解地蹙起眉頭。

「女朋友幫男朋友也違反你們那個競業禁止協議嗎？如果這樣也算違反的話，那我和封趣明天就去一趟民政局好了，老婆幫老公是天經地義的吧！」

他不會聽的！這段錄音他無論如何都不想再聽一遍！

◇

星期一，七點半，封趣準時接到了薛齊的電話。

他們社區附近就有家味道還不錯的早餐店，他直接報了地址，約她在那裡碰頭。

她到的時候薛齊已經替她點好了餐，一碗雞鴨血湯和兩份蟹粉小籠包，都是她愛吃的。她本以為其中一份蟹粉小籠包是他幫自己點的，結果卻發現他根本沒有要碰的意思。

「你不吃嗎？」她好奇地問道。

薛齊白了她一眼，回道：「我對蟹粉過敏妳不知道嗎？」

「那你還點兩份？」浪費是可恥的行為！

「妳以前不是都得吃兩份的嗎？」

「以前那是在發育，長身體的時候當然會吃得多一點。」她都二十八了！怎麼能和十五六歲時的胃口比啊？

「這麼一說，可能就是因為妳發育的時候小籠包吃多了……」他眼簾微垂，視線從她胸前掃過，略帶譏誚地哼了聲，「所以才會發育得像小籠包一樣。」

「薛齊！」她惱羞成怒。

他失笑出聲，不逗她了：「吃不完就打包吧，帶去公司總會有人吃的。」

說著，他起身走到收銀檯前，向服務生要了個打包盒。

封趣歪過頭，有些新奇地看著他認真打包的樣子，這畫面是從前絕對不可能看到的，看著看著，她忽然想到了什麼。

「不對啊。」她皺了皺眉頭，「那你家為什麼會有蟹黃？我還以為你已經不過敏了呢。」

他輕輕震了一下，沉默了片刻才啟唇道：「習慣備著了，說不定妳哪天會來呢。」

他抬起頭，向她笑了笑：「這不是來了嗎？」

封趣不知道此時自己該說點什麼。

「妳臉紅什麼？」

何止是臉紅，她覺得她整個人都要爆炸了，為了斬斷自己的浮想聯翩，她驀地站起身，緊張地道：「來、來不及了，趕緊走吧！第一天上班就遲到，會給老闆留下不好的印象！」

「貌似我就是老闆吧？」他好笑地問。

「哪這麼多廢話，讓你走就走……」話音未落，她就急匆匆地轉身走出了早餐店。

果然，迎面而來的初冬涼風讓她冷靜了不少，那股幾乎席捲她全身的熱浪也隨之漸漸退去。

等薛齊付完錢出來，封趣已經恢復如常了。

只不過，他剛將車門解鎖，她就迅速鑽進了後座，明擺了要跟他保持距離。

一路上，她始終低頭滑著手機，朋友圈都被她滑到好幾天以前了，甚至還無聊到幾乎每條都點了讚，也不管究竟是誰發的，發的又是什麼內容，總之……她不敢再跟薛齊有任何交流，以免又不小心觸碰到什麼不得了的話題。

終於，車子駛入了一個創意辦公園區，然後停了下來，薛齊的聲音緊跟著傳來：「到了。」

「喔。」她收起手機，趕緊下車。

但看清楚面前的這個辦公園區後，她怔住了。

雖然已經改造過，但這裡依稀還留著過去的影子。

這是她再熟悉不過的地方——三端的老廠房，薛叔叔和印叔叔他們合夥創立的製筆廠一直都在這裡。

三端被增滿堂收購後，這裡作為增滿堂的生產線繼續使用了一段時間，直到這個地方改建，政府收回了這塊地，老廠房也隨之廢棄，後來被改造成了創意辦公園區。

回國後，封趣也曾來過這裡。那天她就在不遠處的那家咖啡店裡坐了一下午，看著外頭時不時經過的那些人，想了很多事，也妄想過說不定在某個平行空間裡，她和薛齊從來就沒有分開過，他們一起拿回了三端，然後在這裡租了一間辦公室，就在這個父輩們狠狠跌倒過的地方重新出發。

她不過就是想想而已，薛齊卻真的做到了……

「妳是被點穴了嗎？」

他透著笑意的調侃聲從她身旁傳來。

她轉過頭，朝他看了過去，眼神帶著欣喜：「我沒想到你居然能租到這裡的辦公室。」

「還好，租金也不是很貴。」

「不是租金的問題……」她抿了抿唇，繼續道，「我之前也來這裡看過，招商率還滿高的，基本上沒有閒置的情況。聽說合約是五年一簽的，這個園區落成至今才三年多，第一批入住的人都還沒到期呢，是有人轉租給你的嗎？」

「園區剛落成的時候，我就租下來了。」

她隱約猜到了這個可能性，但又覺得操作風險太大，所以不太敢相信：「你三年前就租下來了？就這樣一直空著？」

「嗯。」

「你錢多嗎？」

「不多，但千金難買心頭好。」

「確實沒有比這裡更適合作為新公司的地方了，現在這樣的結果，在能力範圍內多付了三年多的租金也算值得，可是……」封趣頓了頓，說出了讓她覺得後怕的原因，「你就沒想過萬一收購不順利呢？那些租金不就打水漂了？」

「還真的沒想過。」說這句話的時候他表情很認真，完全不像是在開玩笑。

「你哪裡來的自信啊？簡直盲目得讓人嘆為觀止！」

「我很清楚，我只有一次機會，一旦失敗，增滿正昭就會知道薛家還有人可以接手三端，到時候他恐怕寧可毀了三端，也不會賣給我。所以我為了這一天準備了七年，這七年裡，我幫別人做過無數次收購，每一次都像是在演練，不斷累積經驗和教訓。」薛齊直勾勾地看著她，問，「妳還覺得我盲目嗎？」

她有些語塞，或許用盲目來形容確實不太恰當，確切地說，是破釜沉舟。

他沒有給自己留任何退路，豁出一切和增滿正昭玩一場遊戲，不是你死就是我亡，不存在第三種可能性。

薛齊租的辦公室在園區比較裡面的地方，那裡原本是食堂，一共兩層樓，樓下是員工用餐區，樓上名義上是原先製筆廠管理階層的用餐區，但薛叔叔他們很少搞特殊化，所以只有帶客戶來食堂吃飯才會去樓上。

二樓也是後來才隔出來的，為了方便，樓梯建在了整棟樓的外面，是很簡陋的那種鐵質樓梯。那個樓梯現在仍然保留著，外頭刷了一層漆，還特意弄出了仿舊效果，倒真的有幾分從前的樣子，走在上頭仍然會發出「哐噹哐噹」的聲音，封趣覺得這聲音現在聽起來真是悅耳極了。

她故意踩得很用力，製造出了不小的動靜。她轉過身，像發現了新鮮事物的孩子一樣，激動地跟他分享著：「這樓梯還跟以前一模一樣呢！」

「白痴……」他低聲咕噥了一句，嘴角卻不自覺地上揚。

她不以為意，傻笑著跳上了最後一階樓梯，忽然有道熟悉的身影撞入了她的眼簾。

對方也看見了她，熱情地衝了過來，還伴隨著格外興奮的嚷嚷聲：「姊！妳終於來了！少東家說妳今天正式來上班，我一大早就在這裡等著了，終於等到妳了！」

「不是……」封趣有些招架不住童佳芸的熱情，「妳也不用激動成這樣吧？」

「我怕妳又改變主意嘛。」

童佳芸確實有些興奮過頭了，都顧不上先讓封趣進公司，興沖沖地拉著她念叨了很久。

薛齊一直默默地站在一旁笑看著她們，完全沒有想要阻止的意思，因為封趣笑得很開心，他已經很久沒見到她這樣笑過了，這畫面讓他情不自禁想起了高中時的封趣和吳瀾，透著一股說不清的美好。

直到有個中氣十足的聲音傳來，打斷了童佳芸。

「薛總早！我來報到了！」

童佳芸停止了絮叨，朝聲音的主人看去。那是個看起來二十五六歲的男人，實際年齡可能要再大一些，他長著一張讓人不太好辨認年齡的娃娃臉，很清秀，打扮得也很陽光，手裡拿著好幾杯咖啡，應該是剛從樓下咖啡店買的。

還沒等薛齊說些什麼，他就佯裝好奇地打量起了一旁的封趣。

這赤裸裸的目光讓封趣有點不自在，乾笑著對他點了點頭。

得到了回應後他得意了，打趣著嚷嚷道：「這位一定就是老闆娘了吧！」

「老闆娘？」童佳芸驚愕地看向封趣。

「老闆娘？」封趣又驚愕地看向了薛齊。

「有什麼問題嗎？」薛齊微笑著道，「反正早晚會是的。」

「就是，就是，薛總都跟我們說了，你們雙方父母都見過了，已經是板上釘釘的事啦。」說著，他殷勤地拿了杯咖啡遞給封趣，「老闆娘，妳喝不喝咖啡啊？我請妳啊。」

這是什麼情況啊？封趣怔怔地看著遞到面前的那杯咖啡，一時有點反應不過來。

「有我在呢，輪不到你請。」說著，薛齊掏出錢包，抽出了五百塊人民幣遞給面前的男人，「就算是我請大家喝的吧。」

「薛總英明！」男人也不客氣，連忙把錢收下了。

「拿著吧，我請的。」薛齊轉頭衝著封趣挑了挑眉。

「喔……」她硬著頭皮接過了那杯咖啡。

「跟我去辦公室，我有話跟妳說。」話音剛落，薛齊便自顧自地舉步朝前走去。

「好。」她也有很多話想問！

「對了……」薛齊突然頓住腳步，轉頭看向還呆站在原地的那個男人，「記得給童佳芸一杯咖啡。」

「嗯？」男人愣了愣，不解地問，「誰是童佳芸？」

「我！我！我！我就是！」童佳芸衝著對方直揮手。

「哎喲，媽啊……」男人嚇了一跳，猛地顫了一下，「怎麼還有個人呢？」

有沒有禮貌？她雖然長得沒有封趣姊那麼好看，但也不至於這麼沒有存在感吧？

「不、不好意思啊小姐，我剛才注意力都集中在老闆娘身上，純粹就是沒注意到，沒別的意思，妳可千萬別誤會……」他也意識到了不妥，解釋完之後趕緊攀交情，「妳也是新來的嗎？」

童佳芸沒好氣地白了他一眼：「你才新來的呢。」

「我是啊！我上週五剛通過面試，薛總還幫我開了個迎新會呢，當時我沒看到妳啊。」

童佳芸仔細回想了一下，上週五好像確實有迎新會，剛好是她叔叔的六十歲生日，她就沒去參加了。

但她不打算說得那麼詳細，因為她還有話要套：「喔，上週五我有點事請假了。說起來，你是什麼皇親國戚嗎？」

「啊？」男人呆呆地對著她直眨眼。

「哎呀，意思就是，你是不是本來就認識少東家啊？」

「喔，」他想了想，道，「不算認識吧。」

「那你怎麼知道剛才那女的是老闆娘？」

「來來來，我跟妳說啊……」

男人的八卦熱情被點燃了，他滔滔不絕地跟童佳芸說起了老闆的私人感情生活。

他說得繪聲繪色，鉅細靡遺，直到童佳芸手裡的那杯咖啡都快喝完了，這個故事才講完。她總結了一下，大概就是迎新會的時候，負責公司行政事務的那個女孩明顯對薛齊有意思，藉著玩「真心話大冒險」的機會試探了一下他的感情生活，結果聽說薛齊有個已經交往了若干年的女朋友，兩人青梅竹馬，從小一起長大，感情很穩定，甚至已經見過雙方父母，只差登記了。於是那個女孩死心了，但公司其他同事的好奇心被點燃了，眾人嚷嚷著想見老闆娘，薛齊便順勢說了她之後可能會經常來公司幫忙。

這位「老闆娘」就是封趣吧！

童佳芸覺得，與其說薛齊在撒謊，倒不如說他是在藉機暢想他和封趣的未來！

封趣差不多也猜到了，薛齊所謂的有話跟她說無非是解釋「老闆娘」這個稱謂到底是什麼情況。事實上，他的態度不能稱為解釋，只是跟她說明了一下情況而已，換句話說，她不能有任何異議，只能接受。

但是，她接受不了啊！

在聽完了前因後果後，封趣激動地嚷嚷：「什麼叫『女朋友幫男朋友』？什麼叫『老婆幫老公是天經地義的』？這到底是什麼跟什麼？你是在跟我開玩笑嗎？」

「不是。」薛齊面無表情地說道。

「你真的這樣跟蕭湛說？」她看起來很緊張，像是在擔心什麼。

至於她究竟在擔心什麼，薛齊很清楚，可他還是選擇了裝傻，一本正經地問：「妳能想到更好的解決辦法嗎？」

「這個辦法是不錯，可是……用來應付增滿正昭就好，沒必要跟蕭湛說這些吧……」

「就算我不說，他遲早也會知道。」

道聽塗說和當事人親口承認的意義完全不同啊！當然了，既然他已經說了，也沒什麼好糾結的，相比之下，封趣更在意的是——

「那你說完之後，他是什麼反應？」她小心翼翼地問。

「沒反應。」他沒好氣地回道。

「你確定？」封趣不死心地追問。

蕭湛怎麼可能沒反應？就算是一條養了四五年的狗突然跟別人跑了，情緒也會波動一下吧？

薛齊沉默了好一會兒才再次啟唇，冷不防地問道：「妳喜歡蕭湛多久了？」

封趣愣了愣。他知道她喜歡蕭湛並不奇怪，畢竟她都已經表現得那麼明顯了，可她還是不太習慣跟薛齊聊這個話題，表現得有些忸怩：「不、不太記得了，太久了……」

「那麼久他都沒有反應，妳憑什麼覺得他現在會有反應？」

要不要這麼殘忍啊！

她咬了咬唇，不甘地回道：「說不定就是因為一直在身邊才沒有太在意，等到失去了突然發現對方有多重要呢？」

「那是占有欲，不是愛。」薛齊無情地朝她潑了冷水。

「不喜歡的話誰會想要占有啊？」

「還記得妳小時候想要的那個超人力霸王玩具嗎？我就算毀了它也不願意給妳，這並不代表我喜歡它，事實上我非常討厭它。」

「我是人啊！活生生的人！會跟玩具一樣嗎？」

「那換個比喻好了。」他想了想，道，「還記得高二時，那個追了我大半年我都沒搭理過的女孩嗎？後來聽說她喜歡上別人了，我整整抑鬱了一個星期。」

「你那是有病。」

「是，我有病，但這是人類的通病。」

「說了這麼多……」封趣狐疑地打量了他一會兒，問，「蕭湛其實有反應是嗎？」

「我哪知道，我說完這句話就走了。」

「你幹嘛在這麼關鍵的時候走啊？」

「真男人從不回頭看爆炸。」

「他氣到爆炸了？」

「我叫妳來三端是為了談男人的？」

「不是你先談的嗎？」她一臉無辜。

「我只是跟妳交代一下情況，免得妳在外人面前露餡。」

「可是你公司裡的那些人不算外人吧？難道在他們面前也得演戲嗎？」想到剛才那一聲聲的「老闆娘」她就感到惡寒，往後該不會要一直頂著這麼沉重的頭銜吧？壓力太大了！

「人多口雜，誰知道裡面有沒有增滿正昭的人？」

這句話成功說服了封趣，確實有這種可能性！

她還記得之前有個增滿堂中國分公司的高層離職後去了另一家做化妝刷的公司，那家公司跟增滿堂並不在同一座城市，那個高層也很謹慎地把手機號碼和微信都換了，與這邊的朋友全都斷了聯繫。也不知道增滿正昭用了什麼方法，還是拿到了他每天去那家公司上下班的照片，甚至還有人證，最後那個人賠償了近四十萬人民幣。

四十萬人民幣！那會要了她的命啊！

於是，她深吸了一口氣，下定決心，信誓旦旦地道：「薛總，您放心吧，以後我一定會扮演好你女朋友的角色，就算是要我每天在公司裡撒一噸的『狗糧』也沒問題，保證不露餡！」

「『狗糧』就不必了，我不喜歡秀恩愛。」

說得好像我們之間有恩愛可以秀似的，封趣想。

「聊正事吧。」

「啊？」她有些迷茫。

「怎麼了？」他問。

「剛、剛才說的不是正事？」

「妳的正事就只有蕭湛嗎？」

「別、別激動……」封趣立刻識相地在他辦公桌前的椅子上坐下來，擺出一副洗耳恭聽的模樣，「有什麼事您儘管吩咐。」

他逼迫自己冷靜下來進入工作狀態：「關於公司未來的發展，妳有什麼想法嗎？」

「你問我？」

「這裡除了妳還有別人嗎？不問妳問誰？」

「不是……」她有些無措，「你是老闆你說了算啊，這種事情問我幹嘛？」

「妳不是老闆娘嗎？」

「說、說得也是啊，那我就不客氣了。」

「不用客氣，儘管說。」

既然他都這麼說了，封趣也不矯情了：「你考慮過放棄天然動物毛嗎？」

薛齊的眉頭微微動了一下。

「我是覺得現階段最重要的是環保，增滿堂因為一直主打天然動物毛，經常會有一些環保人士來鬧，他們只好被迫作出保證說絕對不會傷害動物取毛，但其實我們都清楚，如果只在動物自然死亡的情況下取毛，那根本供不應求。事實上，增滿堂在中國這邊有偷偷圈養石獾的大型基地。石獾的學名叫食蟹獴，我不知道在其他國家是什麼情況，總之牠在中國是國家三級保護動物。一旦產業鏈被曝光，增滿堂隨時會出事。即便放棄石獾毛只用山羊毛，同樣會遭到很多環保人士的抵制，而我認為合成纖維毛和蠶絲毛是完全可以取代天然動物毛的。」

「妳告訴我這些，就不怕我去爆料嗎？」

「首先，即使你不去爆料，這件事也遲早會被一些盯著增滿堂不放的環保人士揪出來。增滿正昭當然也清楚這一點，但他不在乎，他只想在這之前盡可能地在中國市場圈到更多的錢，到時候大不了一走了之。其次，我也相信你是分得清主次的，我們現在要考慮的是怎麼做好三端，而不是急於弄死對手。」

薛齊笑了笑，不動聲色地問：「妳對合成纖維毛和蠶絲毛了解多少？」

「蠶絲毛好辦，中國上下五千年最擅長的就是農耕養蠶，供應商也很好找，不過成本不低，所以我傾向於把蠶絲毛用在我們的高級系列中；至於合成纖維毛，我倒是認識一家小公司，他們開發出了一個技術，年初剛申請的專利，是從玉米中提取纖維，據說抓粉力度堪比動物毛，而柔軟度方面他們還增加了角質層，另外還會在纖維中放入銀，說是提高抗菌性……總之差不多就是這個意思，太專業的名詞我也記不住。東西我倒是體驗過，確實滿不錯的，成本也不高，你要是有興趣，我可以幫你約一下那個供應商，讓他直接跟你談。」

「妳約吧，我隨時都有空，具體可以看對方的時間。」

封趣點了點頭：「好，我等等去問問看。」

「上星期我跟設計師大致聊了一下，目前基本上確定了要做一個烏木柄系列和一個可攜式系列。剛才那個男孩是負責製作的，妳待會兒有空可以叫他們一起開個會，細節方面妳直接確定就好，原料的事情我負責去談。」

「直接確定？」封趣眨了眨眼，「不用提企畫給你嗎？」

「如果妳覺得有個企畫更便於工作溝通的話，那就提一個，總之這兩個系列妳可以全權決定，我不過問。」

「你就這麼相信我？」

她都快要被這近乎盲目的信任感動了，結果，他漫不經心地丟出了一句話：

「我只是相信自己。」

「啊？」

「妳都已經在我手心裡了，還能搞什麼鬼來？」

這一刻，封趣覺得自己就像是一條被豢養在水缸裡的魚，別說是翻江倒海了，就連水花都折騰不出來。

「喔，對了，妳要是有空的話，我倒是需要妳想個大致的宣傳企畫。」

「好！」她想也不想地回道。

話音剛落，她就意識到自己何止是在他手心裡那麼簡單啊，簡直就是下意識地想要為他肝腦塗地啊！

封趣在三端的地位有些特殊，人人都以為她是老闆娘，沒有明確職位、不用朝九晚五，甚至不用怎麼去公司，可是明眼人都看出來了，童佳芸這個名義上的市場部總監實際上是完全聽封趣差遣的。

◇

對此，最為震驚的莫過於那天跟童佳芸介紹封趣和薛齊關係的那個男人了。這個人名叫林深，是製作部的。作為整個公司跟市場部接觸最多的人，他很快就意識到自己被騙了，起初還不太敢說，直到跟童佳芸熟了之後才忍不住抱怨。

「妳是老闆娘的人為什麼不早說啊？還騙我說什麼你們是碰巧在樓下遇到的。」林深咬著咖啡杯裡的吸管，哀怨地瞪著童佳芸。

這杯咖啡是童佳芸請的，說是因為騙了他而過意不去，也正是因為這杯咖啡他才敢把積壓了多日的怨念說出來。

「嘿嘿……」童佳芸靠著公司門口的欄杆，不太好意思地撓了撓頭，「我就是好奇嘛。」

主要是當時童佳芸真的以為封趣暗地和薛齊交往了，後來童佳芸還為這件事跟封趣抱怨了一通，覺得她一點都沒把自己當朋友，這麼重要的事都不說。得知真相後，童佳芸好受了一些，當然也非常願意配合他們圓謊。

「妳就是幫封趣來打探口風的吧？」林深白了她一眼，咕噥道，「幸好那天我還留了個心眼，沒有說她的壞話。」

「你還打算說她的壞話？」童佳芸非常敏銳地捕捉到了重點。

「倒也不是，妳可別亂傳話啊！我只是……怎麼說呢……」他支吾了好一會兒，還是決定實話實說，「哎呀，反正就是剛知道封趣跟薛總在一起的時候，確實有點不能接受。」

童佳芸沒好氣地睨了他一眼：「你幹嘛一副跟他們很熟的語氣？」

「我哥跟他們熟啊。」

「你哥是哪位？」他怎麼突然冒出了一個哥哥？

「印好雨啊，妳沒聽說過嗎？」

「印總？」這確實讓童佳芸很詫異，「可你不是姓林嗎？」

「對啊，他是我表哥。」

「那你不好好待在正源，跑三端來做什麼？」童佳芸忽然想到了什麼，雙眸一瞪，倒抽了口涼氣，「你該不會是臥底吧？」

「什麼臥底？妳諜戰片看多了吧！薛總從小就是我的男神，我就是為了他才開始學製筆的，聽說他把三端拿回來了，我當然要來幫忙。」

聽起來好像有理有據，可是童佳芸總覺得還是有哪裡不對，想了半天道：「這說不過去啊，你們正源好歹也算是湖筆世家了，你哥不也會製筆嗎？你幹嘛不崇拜他，而去崇拜三端的少東家啊？」

「因為我哥一無是處啊，完全沒有地方值得我崇拜嘛。」

「你哥知道你是這樣看他的嗎？」

「應該知道吧，反正我們家的人都覺得他一無是處，哪都不如薛總，他也習慣了。」

拜託！誰會養成這種習慣啊？她突然有點同情印好雨了，那一身火爆脾氣估計是被他家裡的人逼出來的吧？

「這也是事實嘛，我哥跟薛總比製筆技藝就從來沒贏過。」

童佳芸不屑地嗤了聲：「你哥贏不了那是你哥的事，不代表少東家的製筆技藝就天下無敵了吧？你又沒見過我們家封趣姊製筆，憑什麼覺得她配不上你的男神啊？」

「我也沒說她配不上，就是……就是一時有點接受不了嘛……」

「人家男才女貌、天造地設，礙到你什麼了？你怎麼就接受不了了？」

「妳不知道，以前妳那個封趣姊就是薛總的小跟班，我們一起出去玩的時候，她只有幫我們跑腿的分，突然間就變成老闆娘了，心理上就不太好接受嘛。再說了……」他鬼鬼祟祟地張望了一下，見沒人才壓低聲音道，「她以前喜歡過我哥啊，這幾年又跟我哥走得很近，還常跟我哥一起回我舅舅家吃飯，我以為他們在一起是遲早的事，哪知道原來她早就跟薛總在一起了，那不是在玩我哥嗎？」

「玩什麼啊？你哥又沒說過喜歡她，你這純屬一廂情願瞎配對。」

「我哥一無是處又愛面子，喜歡也不一定敢說啊。」

「你哥喜不喜歡封趣姊我不好說，但我可以很肯定地告訴你，我們家封趣姊可從來沒有喜歡過你哥，他們之間就是再正常不過的純友誼，這一點你哥也很清楚。你可別亂說，要是讓少東家聽到了，說不定還會誤會他們的關係。」

「這還用妳說？我上次見到封趣不就已經裝作不認識的樣子了，薛總那脾氣，要是真的誤會了，估計是不會放過我哥的，我哥那麼一無是處，絕對不是他的對手啊。」

「我說啊……」關於他哥一無是處這件事，他到底還要強調多少遍？童佳芸實在是聽不下去了，她跟印好雨好歹也算認識，難免有些不平，「在我眼裡，印總是少數成功了卻還不忘初心的商人，這一點從他對待少東家和三端的態度就能看出來，比起個人得失，他更希望整個製筆行業能夠百花爭鳴、欣欣向榮，這樣的人怎麼就一無是處了？」

「妳想太多了，他純粹就是不敢跟薛總爭。」

「你……」

童佳芸氣得話都說不出來了，她要是有這樣的弟弟，非得掐死他不可，可惜這不是她弟弟，她也沒有資格代為教訓，只能鼓著腮幫子乾瞪眼。

「在聊什麼？」

突然有個聲音傳來，軟軟的，童佳芸立刻就聽出了那是封趣的聲音。

她立刻收起情緒，換上笑臉，轉頭看了過去：「封趣姊，妳今天怎麼來公司了？」

「我跟薛齊約好了，要一起去見快享直播的陳總。」封趣回道。

童佳芸不想跟林深繼續爭論下去，便趁勢找了個藉口：「我剛好也準備進去了。」

「嗯。」封趣瞥了一眼旁邊的林深，突然道，「薛齊很欣賞你哥。」

「啊？」林深愣了愣，有些反應不過來。

「他常說酒逢知己難、棋逢對手更難，而這兩樣你哥全都有。」

林深的眼神閃了閃，他其實知道印好雨還是很厲害的，只不過人總是對親近的人要求更為苛刻一些。

封趣笑了笑，轉開了目光，對童佳芸道：「走吧。」

「好的。」童佳芸覺得爽快極了，腳步格外雀躍，還沒走遠就忍不住道，「還是妳有辦法，果然對付這種人就不能講道理。」

「他也只是說說，其實也沒那麼討厭他哥，小時候還總是屁顛屁顛地跟在他哥後頭呢！」

「咦？」童佳芸好奇地看向她，「妳早知道他是印總的弟弟？」

「前幾天跟印好雨吃飯的時候他提了一下，說是林深吵著要來三端，他也攔不住，讓我幫忙多照顧一下。」

童佳芸憤憤不平地哼了聲：「虧印總還特意來拜託妳呢，要是知道這個弟弟是個忘恩負義的傢伙，還不得氣死？」

「不會，他習慣了。」

原來還真的有人養成這種習慣啊。

◇

陳總是快享直播的創始人，早期他自己就是靠做直播賺到了人生中的第一桶金，算是第一批網紅。他拉到投資後建立了這個直播平臺，之後又陸陸續續融過幾輪資，逐漸有了現在的規模，幾乎是業內第一的直播平臺了。平臺旗下的那些簽約主播也都擁有眾多粉絲，難得的是，流量轉換率很高。

封趣之前幫薛齊整理的那個宣傳企畫裡，快享直播是比較重要的一個宣傳平臺。交出企畫後，她就沒再過問過，也不知道薛齊和陳總是怎麼談的，總之她昨天接到了陳總的電話，說是約了薛齊很多次，他一直推說沒空。

無奈之下，封趣只好幫他去約薛齊了，好在薛齊還是很給她面子的。

封趣跟陳總其實只打過幾次交道，談不上好感但也談不上討厭，就覺得他是個比較會鑽營的人。

今天的他跟以前一樣。

封趣滔滔不絕地介紹了一大堆，可他顯然對她正在負責的那兩款化妝刷興趣不大，甚至不願意假裝配合地聆聽一下，直接就打斷了她的話，轉頭衝著薛齊道：「薛總啊，實不相瞞，你們說的這些我也不懂，既然我們雙方都有長期合作的意願，那我不妨就直說了，要是有什麼得罪的地方，還望薛總海涵啊。」

薛齊微微蹙了一下眉心，對他打斷封趣的行為很不滿：「我不太擅長跟人打交道，我們家一直都是男主內女主外，所以您有什麼事直接跟封趣說就好了。」

「這、這樣啊……」陳總乾笑著看向封趣。

封趣很配合地圓了一下場子：「陳總，您想說什麼？」

「喔喔……」陳總很快就收拾好了情緒，繼續道，「妳之前在增滿堂時我們也合作過幾次，妳應該也明白，新媒體和傳統廣告還是有很大區別的，說白了，這就是快速消費時代滋養出來的一種模式，需要的是時效性、轟動性。妳剛才說的那兩款刷子實在很難造成什麼轟動，我們這邊也不太好找切入點，不過三端前陣子的停產風波倒是個不錯的賣點。最近幾年一直在刮國貨復興的風潮，適當賣一下情懷倒是可以，但畢竟不是長久之計，所以我想了解一下三端之後還有沒有長期計畫。」

封趣不動聲色地問：「陳總有什麼好的提議嗎？」

「那我就提一下我的個人想法啊，僅代表個人啊。」說著，陳總瞟了一眼封趣，道，「我看之前網路上的輿論，大家似乎對三端和增滿堂之間的恩怨情仇更感興趣，薛總這齣『君子報仇十年不晚』的戲也很有話題。相信我，愛看熱鬧的群眾肯定喜歡，我們為什麼不把這一點好好放大呢？」

「怎麼放大？」封趣繼續問。

「或許……三端可以嘗試做一款能和『小紅刷』分庭抗禮的產品？」陳總顯然也知道自己這個要求可能會踩到對方的雷區，所以說得小心翼翼的。

果然，封趣不悅地回道：「非常感謝陳總這麼為我們考慮，但是我們有自己的打算，沒有必要去模仿別人……」

薛齊終於發話了：「我們確實有這個打算，並且也已經在進行了。」

封趣愕然轉眸，難以置信地瞪著他。

陳總並未在意他們之間的異樣，他顯得很興奮，眼睛都亮了起來，一掃剛才的意興闌珊，就像是遇到了知音，興致勃勃地跟薛齊討論了起來：「那我們可以詳細聊一下宣傳策略，我初步是這樣想的啊……」

封趣根本沒有心思去細聽他到底是怎麼想的，事實上，就算不聽她也能猜到。作為一個學市場行銷的人，她非常清楚怎麼做能引發關注，可她有底線，不願成為一個不擇手段的人。

然而薛齊似乎並不是這麼想的，他和陳總聊得很投機，兩個人看起來甚至有些相見恨晚。離開的時候，陳總一直把他們送到了停車場，她以前和陳總合作的時候可從來沒享受過這種待遇。

不難想像，三端的宣傳陳總一定會極其賣力地去做，相信效果也一定會很好，封趣卻絲毫開心不起來。

剛上車她就忍不住了：「你別聽陳總的，他就是純粹的商人，不只跟三端有合作，跟增滿堂也有合作。你今天跟他說的這些話，他轉頭就會傳到增滿堂那裡去，目的無非是利用我們套牢增滿堂這個客戶。如果你真的推出了類似『小紅刷』的產品，那我們和增滿堂就會在他的平臺上開戰，他就能坐收漁翁之利。」

直到這一刻，她還是覺得薛齊不懂其中的迂迴，被陳總玩弄了。

現實卻把她打醒了。

「我知道。」他無比平靜地啟唇道。

「你知道？」封趣怔了一下，仍舊抱著一線希望，「你知道，為什麼還要順著他的意思去做？我們找他做宣傳又不是不給錢，雖然他的平臺確實是業內數一數二的，但也不代表我們就沒有其他選擇。他愛做不做，我們是甲方啊，沒道理為了討好乙方，特意去開發一款產品。」

「那並不是為了討好他，我說的都是實話。」

「實話是什麼意思……」她小心翼翼地問，「你原本就打算做一款跟『小紅刷』瓜分市場的產品？」

「嗯。」

「也確實已經在進行了？」

「嗯。」

「不過妳放心，原料方面我已經談好了，會用蠶絲毛。」

「這是用什麼原料的問題嗎？是你從頭到尾都瞞著我啊！」

「我從一開始就說過，我會儘量避免讓妳夾在三端和增滿堂之間為難，這麼做也是不想讓妳蹚渾水。」

「是不想讓我蹚渾水，還是防著我？」

「如果我想瞞著妳，大可以自己來見陳總。」

也是，他如果真的想要防著她，完全可以直到這款產品問世才讓她知道。封趣悶聲咕噥道：

「那你幹嘛還要帶我一起來？」

「我一直不太願意見他，就是因為我很清楚他想要的是什麼，坦白說，我也猶豫過要不要這麼早就跟增滿堂起正面衝突，現在看來是很難避免了。我這麼做不是針對任何品牌，也不針對任何人，只是從公司長遠發展的角度考慮。我們都明白，如果增滿堂沒有『小紅刷』系列，是不可能在這麼短的時間內打開中國市場的，而我們現在要儘快建立客戶基礎，提高品牌知名度，所以這款產品必須得做，並且得儘快做。正因為我不想瞞著妳，所以今天才把妳一起帶來，妳可以不參與，但我認為妳應該有知情權。」

「我不怕蹚渾水，決定來三端的時候我就說過，我做好所有心理準備了。我反對也是從公司發展的角度出發，『小紅刷』能做出來有多方面因素，就比如說……」她頓了頓，猶豫了一下才繼續道，「就比如說蕭湛，作為『小紅刷』的設計師兼製作者，他本身就自帶流量。他那些小迷妹又很容易轉化成增滿堂的消費者，要找到一個能和他抗衡的人不是那麼容易的。」

「確實不容易，但我剛好認識一個。」

「啊？」剛好？天底下有剛好的事？

「妳也差不多該見一下她了，擇日不如撞日，就今天吧。」

封趣現在算是明白了，他根本就是已經計劃好了！

薛齊把車開到了郊區的古鎮外後示意她下車，兩個人一起走了進去。

跟大部分的古鎮一樣，沿街有不少商鋪，賣著各種小吃和一些手工藝品。他停在了靠近街尾的一家店鋪前，相比前面那些鋪面，這裡要冷清許多，古樸的木門半開著，看起來也不像是做生意的樣子。

薛齊領著她推門而入，鋪面很大，七八十平方公尺的樣子，方方正正的。

左邊放著兩大排架子，上面陳列著各式各樣的漆器，做工很精緻，確實不比蕭湛做的遜色。

右邊看起來是個工作區，放著一張木質的工作桌，還有一些製作漆器時必需的工具。

封趣這才意識到，與其說這是一家店，不如說是個工作室，只是她四下環顧了一圈都沒有找到這個工作室的主人，正困惑著，忽然有自行車鈴聲傳來。

她好奇地循聲看了過去，聲音是從後面傳來的，原來角落的位置還有一扇小門，依稀可以看到是通往後面院子的。

隨著自行車鈴聲越來越近，她看到了一個披頭散髮的人蹬著自行車衝進店裡來。

對方一路朝她騎來，速度很快，完全沒有刹車的意思。

這出場方式太獨特，以至於封趣有些回不過神，瞠目結舌地看著這一幕，來不及避讓。

眼看就快撞上了，好在薛齊及時伸手把她拉到了身後，同時伸出另一隻手粗暴地按住了自行車上那個女孩的頭，沒好氣地道：「不會騎就別騎。」

「喔喔……」女孩用腳撐地，穩住了身體，掙扎著掰開了他的手，不服氣地嗆了回去，「誰不會騎了？我可是參加過自行車錦標賽的人好嗎？」

「你們錦標賽都是朝人撞過去的嗎？」薛齊問。

「我看到封趣激動嘛。」說著，她歪過頭，視線掠過薛齊，朝他身後的封趣看了過去，笑意盈盈地道，「妳好啊封總，恭喜妳棄暗投明、迷途知返啊。」

「妳是……」封趣蹙了蹙眉，這莫名的敵意讓她不禁想起了一個人，「崔念念？」

崔念念咂了咂舌：「看樣子封總對我的印象很深啊。」

還真的是她啊？

雖然有了官方認證，但封趣還是有點難以置信。

上次見面的時候崔念念打扮得很精緻，看起來比吳灡這個新娘更像個公主，可是今天她那頭長髮胡亂披散著，髮尾甚至還有些打結，素面朝天，穿著灰色的休閒套裝，即便是那麼耐髒的顏色，上頭還是有不少讓人無法辨認的汙漬……

「薛總……」那些汙漬讓封趣冒出了連她自己都不怎麼敢相信的聯想，於是她轉頭向薛齊確認，「你說能和蕭湛抗衡的人，該不會就是崔小姐吧？」

「喂，妳這語氣是什麼意思？我在彩妝圈也算是個ＫＯＬ了，各種社交平臺的粉絲是平均在三萬左右，假流量跟殭屍帳號的占比絕不超過百分之十，還曾有過直播間人數整整超過蕭湛十秒鐘的時候呢！」

「這是重點嗎？」封趣無力地道。

「那妳倒是說說重點是什麼？」崔念念仰著頭，一副打算跟她爭執到底的樣子。

「妳會做漆器嗎？」封趣問。

「妳瞎了啊？這裡擺著這麼多漆器，妳看不到嗎？」

「啊？」封趣難以置信地問，「這些……都是妳做的？」

一旁的薛齊啟唇補充道：「她八歲就開始學漆器，師從甘靖。」

就算是封趣這種對漆器不太了解的人都聽過甘靖這號人物，那是位在國外漆器界享有盛名的大師，之前在日本的時候，她還陪蕭湛一起去看過甘靖的個展。

可她無論如何都無法把崔念念和甘靖聯繫到一起。

崔念念之前給她的印象太明媚、太陽光，讓封趣總覺得她是那種喜歡衝浪、潛水、跳傘等各種極限運動的人，安安靜靜地做漆器，這實在是無法想像。

於是，她不禁又瞟了一眼架子上的那些漆器成品。

事實就擺在面前，由不得她不信。

「怎麼樣？」崔念念得意地哼了一聲，「妳還有什麼意見嗎？」

「有。」封趣不服輸地道。

崔念念嗤之以鼻地哼了聲：「誰管妳有沒有意見，反正你們家老闆對我各方面都滿意得很。」

「我不是針對妳……」封趣轉眸看向薛齊，給出她認為最理性的分析，「我認為你最好還是再考慮一下，如你剛才所說，增滿堂是靠著『小紅刷』迅速打開中國市場的，也是靠著『小紅刷』在中國培養出了不少忠實客戶，你貿然推出類似的產品，到時候他們只要稍微引導一下風向說我們抄襲，那情況就會對我們很不利。」

薛齊的回應也很理智：「所以才需要像陳總這種想坐收漁翁之利的人在中間攪和。他不會希望看到我們其中任何一方迅速壓制另一方，戰線拉得越長，對他們的平臺越有利。」

「但是能夠引導輿論風向的不只有他的直播平臺，還有微博、微信行銷帳號以及現在那些短影片應用軟體。」

「該怎麼讓輿論風向對我們有利，這是你們市場部應該考慮的問題吧？」崔念念插嘴道。

封趣不悅地瞪著她，道：「市場部不是萬能的，我們可以把橢圓形說成圓形，但無法把三角形說成圓形啊！我們抄了『小紅刷』是事實，妳要我怎麼扭轉輿論風向？」

「那就做成橢圓形的。」薛齊突然啟唇。

「什麼意思？」封趣蹙了蹙眉，不明就裡地看向他。

「漆器也分很多種，我們不是非得做犀皮漆，更何況……」他冷笑了一聲，斜睨著封趣，問，「到底是誰在抄襲誰，別人不清楚，難道妳也不清楚嗎？」

終究躲不掉這個話題，封趣就像是被生生扼住了喉嚨，一個字都說不出來。

要說這些年封趣有什麼對不起薛齊的事，那大概就是「小紅刷」的誕生了。

嚴格說起來，這是薛齊的創意。

他們十五歲那年，有人送了薛叔叔一方豆綠色的漆沙硯，這給了薛叔叔靈感，他本打算推出一款漆管筆。

當時的薛齊正處在叛逆期，對薛叔叔的這個想法嗤之以鼻，甚至還大言不慚地嚷嚷著：「做什麼筆啊？現在還有多少人用毛筆？還不如做化妝刷呢，你看看你老婆，買一枝化妝刷都得一百多人民幣呢，你辛辛苦苦做一枝筆才賣十幾二十塊人民幣，要是把化妝刷做成漆柄的話，就算定價幾百塊人民幣也會有人買吧。」

這句話看似說得隨便，但非常有道理，封趣很贊同他的觀點。

毛筆市場確實越來越低迷，雖然那時候的三端仍舊經營得有聲有色，但如果想讓更多的年輕人接受這個品牌，做化妝刷確實是個很好的想法。

但那時候的薛叔叔顯然不這麼認為，他一直都是個守舊派。

薛齊的這番言論讓薛叔叔大發雷霆，支持他的封趣也被連累。那天晚上，他們被薛叔叔拉去了蒙公祠罰跪，說要讓他們對著鼻祖蒙恬，好好反省。

封趣比較識時務，只跪了三分鐘就反省好了，情真意切地向薛叔叔懺悔自己數典忘祖的「可恥」行徑。

薛叔叔很滿意，放過了她。

薛齊很不爽，瞪著她，咬牙切齒地罵：「妳是個叛徒！」

「你還好意思罵封趣？」薛叔叔往他的腦袋狠狠地拍了下去，「還不知錯嗎？」

「我哪裡錯了？」薛齊倔強地仰著頭，據理力爭道。

「我們是製筆世家！這是老祖宗留下的東西，我們必須得守護！」

薛齊不服地頂了回去：「做化妝刷怎麼就不是守護了？」

「你這就是不務正業！」

「那蒙恬還是個將軍呢，他不好好打仗跑去發明毛筆，照你這麼說也是不務正業了？」

「放肆！蒙恬將軍發明毛筆是為了更快地傳遞軍情！」說到「蒙恬將軍」這四個字時，薛叔叔還虔誠地朝蒙恬像微微鞠躬，以示尊敬。

「做化妝刷也是為了讓更多人知道三端！」

「你……」薛叔叔被氣得不輕，卻又不知道要怎麼反駁，最終只能氣急敗壞地丟出了一句，「給我繼續跪著！跪到你認錯為止！」

薛齊跪了一整晚，始終沒有認錯，結果還是薛阿姨以死相逼，薛叔叔這才睜一隻眼閉一隻眼地任由她把薛齊領回家了。

幾年後，反倒是薛叔叔認錯了，在現實面前，他不得不妥協，三端最終還是推出了化妝刷。

正因為他的這個決定，才讓三端一度領先於其他筆莊，同時也被增滿正昭盯上了。

薛齊提出的漆柄化妝刷，其實薛叔叔一直放在心上，只是考慮到資金鏈和無法量產等諸多問題，前期還是需要靠平價纖維刷來打開市場。那時候三端所生產的纖維刷其實也算不上特別好，但勝在價格低廉，受眾群體還是很廣的，甚至已經銷往海外了。只要再多給薛叔叔半年時間，也許漆柄刷就能問世了，事實上，它已經在三端第二年的計畫中了。薛叔叔聯繫了國內的幾個漆器大師，初步談好了合作，可惜增滿正昭沒有給他機會，這個系列最終還是胎死腹中。

這本就是三端的東西，封趣從未想過要拿它來邀功獻媚，直到遇見了蕭湛。

那時候的蕭湛正迫切地想要擺脫他爸的影子，想讓更多人認可他，想要一個可以迅速聞名於世的機會，於是封趣想到了三端沒能實現的漆柄刷。

其實要說她這麼做完全是為了蕭湛也不是那麼準確，她並沒有上帝之眼，預料不到若干年後的今天，薛齊真的會如她所願，重整三端。雖然一直在堅守，可她心裡清楚也許永遠等不到那一天，而且就算不是增滿堂，或許將來也會有其他公司推出類似的產品，與其讓別人捷足先登，倒不如由她來實現。

就算時光倒流，有機會重來一次，她還是會做出同樣的選擇。

「我說妳啊……」崔念念的聲音突然傳來。

封趣被拉回了現實，抬眸朝她看去。

崔念念揚了揚眉毛，訕笑了聲，道：「妳也不是什麼傻白甜，決定來幫薛齊的時候就應該知道遲早是要和增滿堂為敵的。妳要是捨不得蕭湛，那就不該來三端，既然來了就不要當了那什麼還想立牌坊。」

這句話把封趣氣得整個人都在發抖，可她還是咬著牙，盡可能地讓自己保持理智：「我為什麼來三端，沒有必要跟妳解釋。」

「我也不想知道妳為什麼來，只不過……」

薛齊啟唇打斷了崔念念的話：「是我求她來的。」

「你……」崔念念憤憤地瞪著他，片刻後，語氣稍稍軟了下來，悶聲埋怨了一句，「你就護著她吧。」

「我的人，我當然得護著。」

「言下之意就是她的事，輪不到我來置喙吧？」

「妳知道就好。」

「好！算我多管閒事行了吧！」

「嗯，以後別管閒事，也就不會為自己找氣受了。」封趣又補上了一刀。她的字典裡顯然沒有得饒人處且饒人的說法，她都被崔念念那麼說了，是應該反擊，否則這口氣她咽不下去。

「妳什麼意思？別以為有薛齊替妳撐腰就了不起了，還真的當我怕他嗎？」

「妳怕不怕他是妳的事，不用跟我交代；同樣，我怎麼做是我的事。哪怕我真的像妳說的那樣婊氣沖天，那也自有天收，妳也不是什麼道德楷模，沒資格替天行道。」

崔念念被她說得語塞，憋了一肚子的氣，卻一時半刻不知道該怎麼反擊。

就在她沉默的時候，封趣已經岔開了話題：「我需要設計圖。」

不管薛齊剛才是真的在護著她，還是他跟崔念念一搭一唱演了場戲感動她，總之她妥協了。公司是他的，該怎麼發展自然由他說了算，她只需要在這一年內把自己的分內事做好就夠了。

「什麼設計圖？」崔念念皺了皺眉，沒好氣地回道，「沒有。」

猜到了她不可能配合，封趣並不覺得意外，她沉住氣，耐心解釋道：「妳也說了，控制輿論方向是市場部該考慮的事情，妳連設計圖都不給我，要我怎麼去控制？」

「我做東西向來隨心所欲，就算真的有設計圖那種東西，最終成品說不定也會完全不同。」

「崔小姐……」封趣吐出一口氣，秉持著公事公辦的態度繼續道，「我希望妳能明白一件事，妳現在在做的是商品，而非藝術品。」

「可是薛齊說了，」崔念念親暱地挽住薛齊的手臂，毫不掩飾眉宇間的炫耀之情，「讓我把它當成一件藝術品去完成。」

薛齊果斷地抽出手，微微往一旁挪了挪：「我確實說過讓她盡情發揮。」

「那總得有個大致概念吧？不然妳要我怎麼做？」封趣問。

「大致概念當然是有的，只是……」崔念念衝著封趣揚了揚眉，「我不想給妳。」

封趣轉眸朝薛齊看了過去，這明擺是在找碴吧？他都不打算管管嗎？

「沒用的，這次就算是薛齊也幫不了妳，我和他只不過是合作關係，雖說最後作品會冠上三端的品牌，可依然是我的作品，我有權防著我認為應該防著的人。」

封趣驀地擰起眉頭：「妳有什麼話就直說。」

「那我就直說了。」崔念念一抬眼簾，眼裡彌漫著昭然若揭的警惕，「我要是把概念給妳了，誰知道妳會不會轉頭就去告訴蕭湛？要是被增滿堂搶先一步，我找誰理論去？」

「蕭湛不是那種會挪用別人創意的人。」

「哈……」崔念念饒有興致地瞥了一眼旁邊的薛齊，見他臉色不太好，她唯恐天下不亂地繼續煽風點火道，「你看吧，事到如今她還是這麼維護蕭湛，說不定只要蕭湛對她勾勾手指，她就會立刻搖著尾巴過去了……」

「妳能不能閉嘴？」薛齊不悅地打斷了她的話。

崔念念抿了抿唇，識相地噤了聲。

薛齊這才轉頭看向封趣：「具體企畫我等等傳給妳。」

「薛齊！」崔念念不滿地嚷嚷。

薛齊平靜地道：「我知道我在做什麼。」

「隨便你，我不管了！」崔念念氣呼呼地揮了揮手，又瞪了一眼封趣，蹬著她那輛自行車憤然離開了。

直到她的身影消失，薛齊才看向封趣，打破沉默：「走吧，我送妳回去。」

「我可以自己回去的，你還是去哄哄她吧，好像氣得不輕的樣子。」封趣不太放心地看了一眼後院的方向，畢竟之後的產品製作還得仰賴崔念念，得哄好了才行，目前看來那位大小姐也就只有薛齊有能力哄好了。

「妳確定要我去哄她？」薛齊問。

封趣張了張嘴，什麼話都還沒說就再次被他打斷：「想清楚了再回答，她要是開心了，那生氣的人就是妳了。」

好像的確是。

「對我而言，妳更重要。」他又問了一遍，「想清楚了嗎？確定要我去哄她嗎？」

「這地方離市區有些遠，你、你還是送我回去吧。」

他滿意地笑了，不由分說地牽起她的手，朝店鋪外頭走去。

這笑容讓封趣覺得特別委屈——她完全被這個人吃得死死的！就像此刻被他牽住的手一樣，她越掙扎他越用力，直至十指緊扣，根本不給她逃脫的機會！

——下集待續

高寶書版集團
gobooks.com.tw

**YH 056**
**人生苦短甜長（上）**
作　　者　安思源
特約編輯　Rei
責任編輯　陳凱筠
封面設計　鄭婷之
內頁排版　賴姵均
企　　劃　何嘉雯

發 行 人　朱凱蕾
出　　版　英屬維京群島商高寶國際有限公司台灣分公司
　　　　　Global Group Holdings, Ltd.
地　　址　台北市內湖區洲子街88號3樓
網　　址　gobooks.com.tw
電　　話　(02) 27992788
電　　郵　readers@gobooks.com.tw（讀者服務部）
傳　　真　出版部(02) 27990909　行銷部 (02) 27993088
郵政劃撥　19394552
戶　　名　英屬維京群島商高寶國際有限公司台灣分公司
發　　行　英屬維京群島商高寶國際有限公司台灣分公司
初　　版　2021年10月



國家圖書館出版品預行編目(CIP)資料

人生苦短甜長/安思源著. -- 初版. -- 臺北市：英屬維京群島商高寶國際有限公司臺灣分公司, 2021.10
　面；　公分. --

ISBN 978-986-506-252-1(上冊：平裝). --
ISBN 978-986-506-253-8(下冊：平裝). --
ISBN 978-986-506-254-5(全套：平裝)

857.7　　110015819

GOBOOKS
& SITAK
GROUP©